DER TRÄUMER

DER TR

PAM MUÑOZ RYAN

ÄUMER

MIT ZEICHNUNGEN VON

PETER SÍS

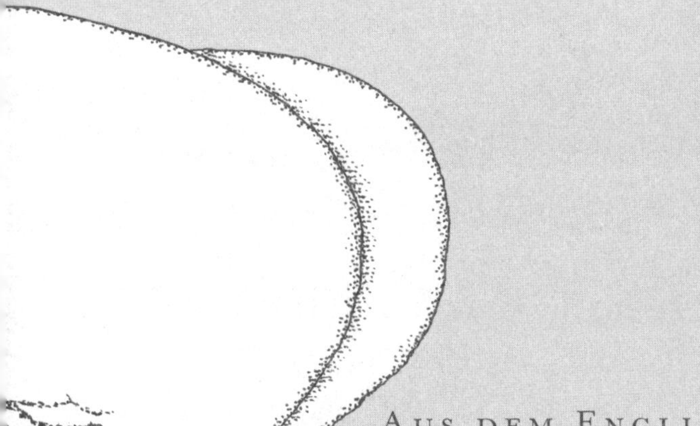

AUS DEM ENGLISCHEN

VON ANNE BRAUN

Meine Leser,

dieses Buch ist für euch.

Macht euch auf in den unendlichen Raum

zwischen der Seele und den Sternen.

Dort warte ich auf euch.

~ PMR ~

Gewidmet dem Haus meiner Familie in der

Nerudova 19, Prag.

~ PS ~

»Seht euch ruhig um –

es gibt nur eine Sache hier,

die euch gefährlich werden könnte …«

~ Pablo Neruda ~

Ich bin Poesie

und warte nur darauf,

mich des Dichters zu bemächtigen.

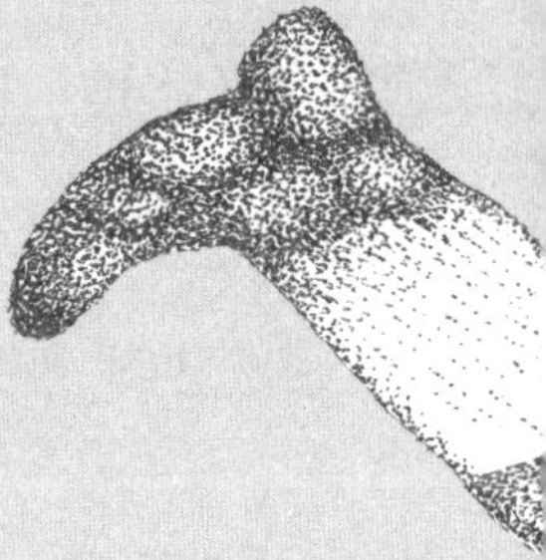

Ich stelle die Fragen,

auf die es bereits Antworten gibt.

Ich suche niemanden aus.

Ich suche jeden aus.

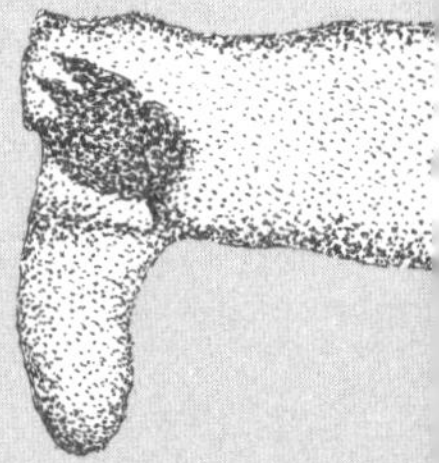

Komm näher …

… wenn du dich traust.

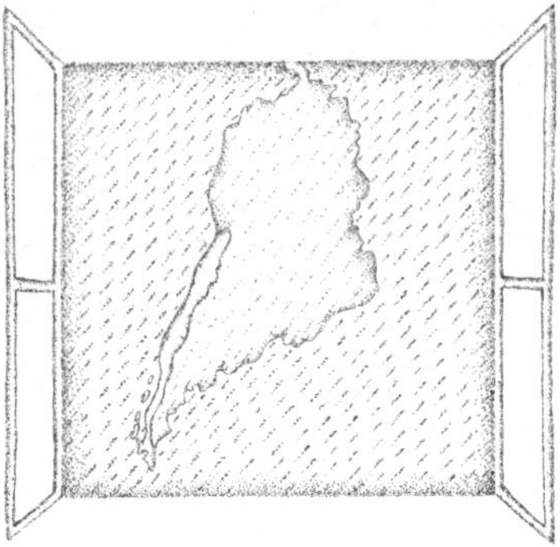

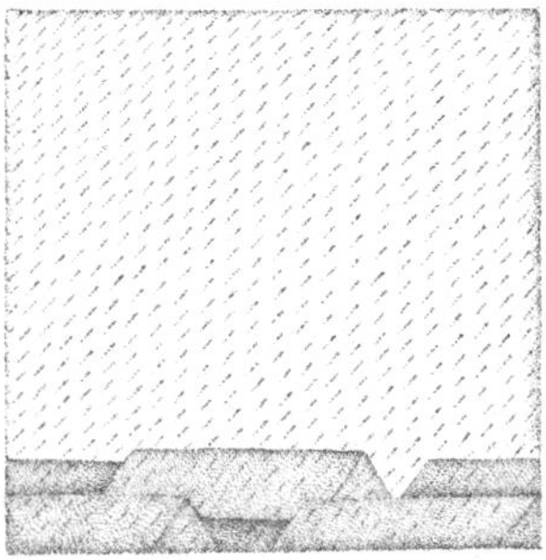

REGEN

Auf einem Kontinent mit vielen Liedern, in einem Land, das aussieht wie der überlange Hals einer *Gitarre,* trommelte der Regen unablässig auf die Stadt Temuco.

Neftalí Reyes saß auf seinem Bett, mehrere Kissen im Rücken, und starrte auf seine Schulaufgaben. Sein Lehrer nannte es einfache Additionen, doch Neftalí fand Additionen nie einfach. Wie schön wäre es, wenn die dummen Zahlen einfach verschwinden würden! Er schloss die Augen und machte sie langsam wieder auf.

Die Zweier und Dreier lösten sich vom Blatt und winkten den anderen Zahlen, ihnen zu folgen. Die Fünfer und Sechser sprangen auf und nach einigem guten Zureden folgten schließlich auch die Vierer, Einser und Sechser ihrem Beispiel. Die Neuner und Nullen dagegen rührten sich nicht von der Stelle und die anderen gaben es irgendwann auf. Sie fassten sich an den Händen und bildeten eine lange Prozession von winzigen Zahlen, schwebten durch den Raum und schlüpften durch einen Spalt nach draußen. Neftalí schlug das Buch zu und lächelte.

Niemand konnte jetzt noch von ihm erwarten, dass er seine Hausaufgaben machte, wenn nur noch die faulen Nullen und Neuner auf der Seite herumlungerten.

Langsam stieg er aus dem Bett und ging ans

Fenster. Er legte die Stirn an die Scheibe und blickte auf den Hof hinunter. Er wusste, dass er besser im Bett bleiben sollte, wenn er wieder gesund werden wollte. Und dass er lernen sollte, wenn er sich mal nicht ausruhte. Aber es gab so viele andere Dinge, die ihn ablenkten.

Draußen herrschte eine graue, feuchte Winterwelt. Die Erde bestand nur noch aus Schlamm und ein kleines Rinnsal suchte sich seinen Weg durch die Lücke im morschen Zaun. Zurzeit wohnte niemand im Nachbarhaus. Trotzdem stellte sich Neftalí gern vor, dass auf der anderen Seite ein Freund auf ihn wartete – ein Junge, dem es ebenfalls Spaß machte, Treibgut flussabwärts schwimmen zu sehen und verbogene Stöcke zu sammeln, der auch gern las und Rechnen nicht mochte.

Da hörte er Schritte. War es Vater?

Sein Vater war seit einer Woche unterwegs, er arbeitete bei der Eisenbahn und sollte an diesem Tag nach Hause kommen. Neftalís Herz begann zu hämmern und seine großen braunen Augen wurden vor Angst noch größer.

Die Schritte kamen näher.

Poch.

Poch.

Poch.

Poch.

Hastig strich sich Neftalí über den dichten schwarzen Haarschopf. Sah er ungekämmt aus? Er betrachtete seine Hände mit den dünnen Fingern. Waren sie sauber genug?

Bei der Vorstellung, den kritischen Blicken seines Vaters ausgesetzt zu sein, begannen Neftalís Arme zu kribbeln, und er hatte das Gefühl, seine Haut würde schrumpfen. Er holte tief Luft und hielt den Atem an.

Die Schritte gingen an seinem Zimmer vorbei und den Gang entlang.

Erleichtert atmete Neftalí wieder aus.

Es musste Mamadre gewesen sein, seine Stiefmutter, mit ihren Holzpantoffeln. Er lauschte angestrengt, bis er sich sicher war, dass niemand in der Nähe war, und wandte sich dann wieder zum Fenster.

Der Regen prasselte auf das Blechdach. Tropfen schlängelten sich auf geheimnisvolle Weise ins Innere des Hauses. Von den nassen Flecken an der Decke tropfte das Wasser in die daruntergestellten Eimer.

Plip – plip

plop

blubb, blubb, blubb

oip, oip, oip, oip

plip – plip

plip – plip

plop

tin,

tin,

tin,

tin,

tin

plop

plip – plip

blubb, blubb, blubb

oip, oip, oip, oip

tin,

tin,

tin,

tin,

tin

plip – plip

plip – plip

plop

Während Neftalí dem Konzert der Regentropfen lauschte, wanderte sein Blick zu den Anden hinauf, die wie ein Chor weiß gekleideter Sänger in der Luft schwebten. Er schaute hinunter, zum Río Cautín, der sich murmelnd durch den Wald schlängelte. Neftalí schloss die Augen und fragte sich, was wohl auf der anderen Seite lag, hinter Labranza, Boroa und Ranquilco, wo das Meer an dem zerklüfteten Land nagte.

Das Fenster öffnete sich. Ein Teppich von Regen fegte ins Zimmer und trug Neftalí durch die Lüfte zu dem fernen Ozean, den er nur aus Büchern kannte. Nun aber war er der Kapitän eines Schiffes, dessen Bug das Blau durchpflügte. Salziges Wasser spritzte ihm ins Gesicht. Seine Kleidung flatterte um seinen Leib. Er klammerte sich an den Mast und blickte zurück auf seine Heimat, Chile.

Neftalí? Wer schüttet das Wasser aus der Wolke auf die verschneiten Gipfel bis zum Fluss und nährt damit den ewig durstigen Ozean?

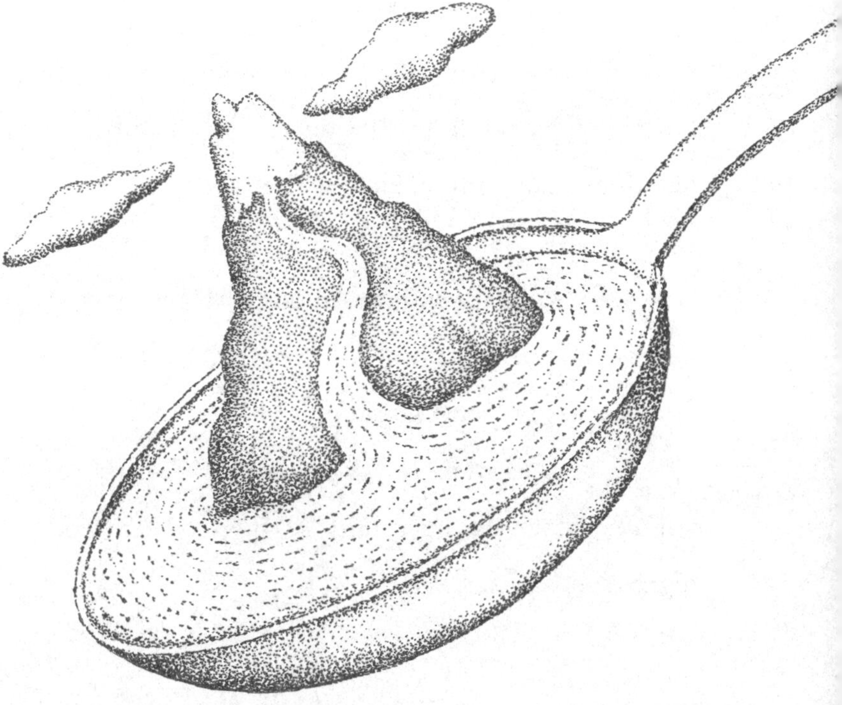

Der schrille Pfiff einer Eisenbahnerpfeife holte Neftalí unsanft zurück ins Hier und Jetzt. Er wirbelte herum.

Im Türrahmen zeichneten sich die Umrisse seines Vaters ab.

Neftalí bekam weiche Knie.

»Träumst du wieder vor dich hin?« Die weiße Spitze von Vaters Bart bebte, als er den Mund bewegte. »Und warum bist du nicht im Bett?«

Neftalí schaute zu Boden.

»Willst du für immer ein dürrer Hänfling bleiben, der zu nichts taugt?«

»N-n-nein, Vater«, stammelte Neftalí.

»Deine Mutter war genau so, hat dauernd etwas auf Papier gekritzelt und war in Gedanken ständig in einer anderen Welt.«

Neftalí rieb sich die Schläfen. Er hatte seine Mutter nie kennengelernt. Sie war gestorben, als er gerade mal zwei Monate alt gewesen war. Hatte Vater Recht? Machten einen Tagträume so schwach? Hatten sie seine Mutter so geschwächt, dass sie gestorben war?

Da stürzte Mamadre herein.

Anklagend richtete Vater den Zeigefinger auf sie. »Du musst besser auf ihn aufpassen. Er soll im Bett bleiben, sonst kommt er nie zu Kräften.« Als er mit großen Schritten aus Neftalís Zimmer stapfte, bebten die Holzdielen.

Mamadre nahm Neftalí an der Hand, führte ihn zum Bett zurück und deckte ihn liebevoll zu. »Deine Mutter ist nicht wegen ihrer Tagträume gestorben«, sagte sie leise. »Es war ein Fieber. Und schau dir mich an! Ich bin klein und viele sagen, ich sei auch zu dünn. Gut, ich mag ja vielleicht nicht stark und robust aussehen, aber innerlich bin ich zäh … genau wie du.« Sie strich ihm über den Kopf. »Ich weiß, wie schwer es ist, so viele Tage im Bett zu bleiben.«

»Ich f-f-fühle mich … g-g-gut«, sagte Neftalí und berührte zaghaft ihre schwarzen Haare, die sie im Nacken zu einem straffen Knoten gebunden hatte.

»Noch ein Tag«, sagte Mamadre. »Soll ich dir etwas vorlesen, damit die Zeit schneller vergeht?«

Neftalí ließ sich von Mamadres sanfter Stimme einlullen und verlor sich in den Märchen von verwegenen Haudegen und unbesiegbaren Riesen. Für kurze Zeit fiel seine quälende Schüchternheit von ihm ab. Niemand nannte ihn mehr »Hänfling«, weil er so dünn und kränklich war, und er wurde auch nicht mehr als Letzter aufgerufen, wenn er auf der Straße mit den Nachbarjungen spielte.

Zwischen den Seiten des Märchenbuchs vergaß er auch, dass er stotterte. Er war so gesund und kräftig wie sein großer Bruder Rodolfo, so fröhlich wie seine kleine Schwester Laurita und so selbstsicher und klug wie sein Onkel Orlando, dem die örtliche Zeitung gehörte. Während Mamadre Seite um Seite vorlas, konnte sich Neftalí sogar einen Freund herbeiträumen.

Nachdem Mamadre fertig gelesen hatte und aus dem Zimmer geschlüpft war, lag Neftalí reglos da und betrachtete die Risse an der Decke. Sie sahen aus wie die Straßen auf einer Landkarte, und er fragte sich, zu welchem Land sie wohl gehören mochten.

Er seufzte. Dass sein Vater ihn einen Träumer schimpfte, änderte gar nichts. Neftalí konnte nichts dagegen tun.

Jede noch so kuriose Kleinigkeit faszinierte ihn. Und seine Gedanken waren ständig auf Wanderschaft:

Sie wanderten zu dem wütenden Monstersturm, der um das Haus toste und das Dach zittern ließ. Zu dem Grollen des Drachenvulkans Llaima in der Ferne, der die Böden erbeben ließ. Zu den baufälligen Mauern seines bescheidenen Heims, die zitterten und sich ängstlich duckten, wenn ein Zug vorbeidonnerte. Zu seinem spärlich eingerichteten Zimmer mit der unfertigen Treppe, die zu einem Schloss im höheren Stockwerk hätte führen können, aber leider nicht zu Ende gebaut worden war.

Neftalí? In welches geheimnisvolle Land führt eine unfertige Treppe?

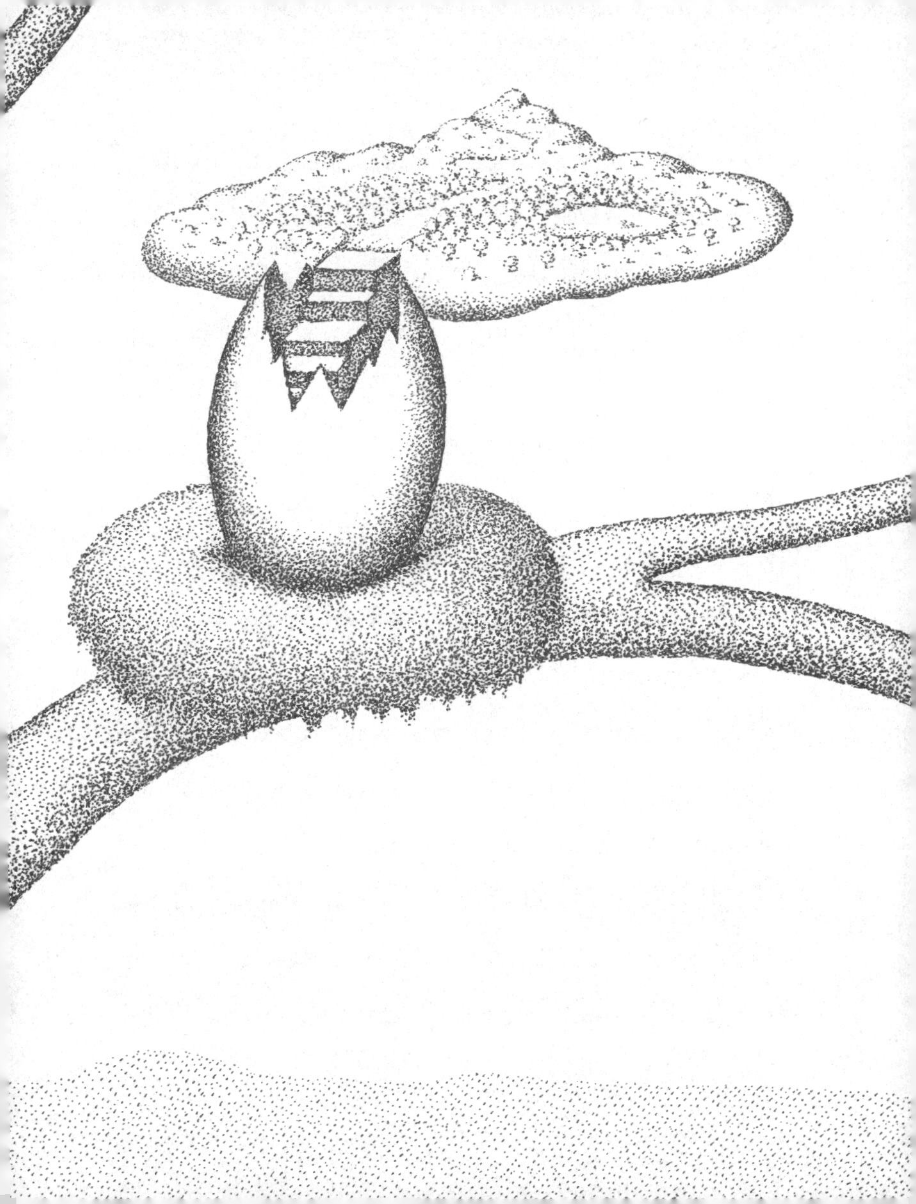

Am nächsten Tag überwachte Mamadre ihn strenger und Neftalí wagte nicht mehr, das Bett zu verlassen. Deshalb bat er Laurita, sich für ihn ans Fenster zu stellen und seine Berichterstatterin zu sein.

»E-e-erzähl mir alles, was du s-s-siehst. Bitte! *Porfa!*«

Laurita nickte. Sie war erst vier und so klein, dass sie nicht hinausschauen konnte. Deshalb schob sie einen Stuhl ans Fenster und kletterte hinauf. Dann stützte sie sich auf das Fensterbrett und beugte sich vor. Mit ihren runden schwarzen Augen, den dichten Wimpern und ihren glatten Haaren sah sie ein bisschen aus wie ein Vögelchen, das auf einem Fenstersims hockt. »Ich sehe den Regen … einen grauen Himmel … nasse Blätter … einen Stiefel, dem der andere fehlt ... schlammige Pfützen ... *un perro callejero* ...«

»B-b-beschreibe mir den streunenden Hund«, bat Neftalí. »Welche Farbe hat er?«

»Er ist so nass, dass man sie gar nicht erkennen kann. Vielleicht braun. Oder schwarz«, sagte Laurita.

»Und dieser S-s-stiefel, dem der andere fehlt?«

»Er hat keine Schnürsenkel. Ich glaube, er fühlt sich einsam.«

»Morgen, wenn ich wieder aufstehen darf, hole ich ihn und lege ihn zu meiner S-s-sammlung.«

»Aber du hast doch schon so viele Steine und Stöcke und Nester. Und der Stiefel ist sehr schmutzig«, gab Laurita zu bedenken. »Und du weißt nicht, wo er früher war. Oder wer ihn mal getragen hat.«

»S-s-stimmt«, sagte Neftalí. »Also ich w-w-werde ihn putzen. Vielleicht trug ihn ein Steinmetz, und wenn er dann mir gehört, werde ich so stark sein wie er. Oder vielleicht hat er einem B-b-bäcker gehört, und wenn ich über das Leder streiche, weiß ich, wie man B-b-brot backt.«

Laurita kicherte. »Du redest Unsinn, Neftalí.«

Da streckte Mamadre ihren Kopf ins Zimmer. »Laurita, Valeria ist gekommen und will mit dir spielen. Und du, Neftalí, solltest ein bisschen schlafen, damit du morgen wieder zur Schule gehen kannst.« Sie trat in das Zimmer, küsste ihn auf die Stirn und zog ihm die Decke bis ans Kinn. »Von außen siehst du ganz gut aus, mein Sohn. Und wie fühlst du dich innen?«

»Nicht müde. B-b-bitte, Mamadre, darf ich ein bisschen lesen?«

»Oje, das hab ich jetzt davon, dass ich dir das Lesen beigebracht habe, noch bevor du überhaupt zur Schule gegangen bist.« Mamadre nickte und lächelte ihn an, als sie das Zimmer verließ. »Aber nur eine Geschichte, verstanden?«

Neftalí griff nach dem Buch, das auf seinem Nachttisch lag. Er kannte noch nicht alle Wörter und deshalb las er nur die, die er kannte. Er liebte den Rhythmus bestimmter Wörter, und als er zu einem seiner Lieblingswörter kam, las er es mehrmals hintereinander: *Lo-ko-mo-ti-ve, Lo-ko-mo-ti-ve, Lo-ko-mo-ti-ve.* In seinem Kopf kam er nie ins Stottern. Er hörte das Wort, als hätte er es laut ausgesprochen – und ganz fehlerfrei.

Neftalí stieg aus dem Bett, griff nach Stift und Papier und schrieb das Wort ab.

LOKOMOTIVE

Dann faltete er das Papier zu einem kleinen Viereck und legte es in eine Schublade seiner Kommode, die fast überquoll von Wörtern, die er auf kleine Zettel geschrieben hatte und anschließend zusammenfaltete. Danach kroch er schnell wieder ins Bett.

Die Frage seines Vaters vom Vortag kam ihm wieder in den Sinn. *Willst du für immer ein dürrer Hänfling bleiben, der zu nichts taugt?*

Die Wörter in der Schublade begannen zu rascheln. Die Schublade glitt auf. Die Zettelchen schwebten heraus und verteilten sich im Raum, um schließlich immer wieder aufs Neue seltsame Muster über seinem Kopf zu bilden.

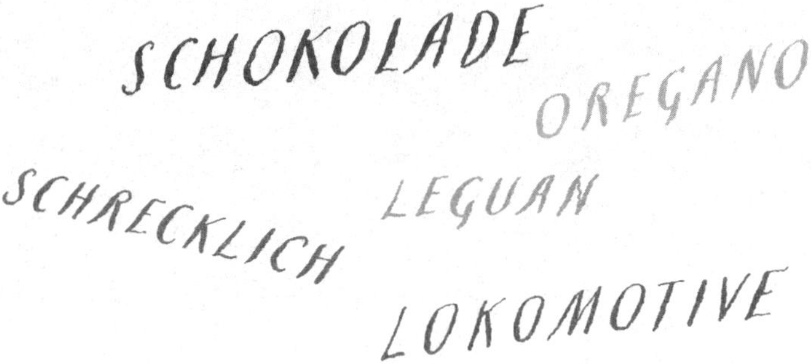

Neftalí setzte sich auf, rieb sich die Augen und blickte sich um. Die Wörter waren nicht mehr da. Wieder stieg er aus dem Bett, tapste auf den Zehenspitzen zur Schublade und zog sie behutsam auf.

Ah, die Wörter schliefen schon alle.

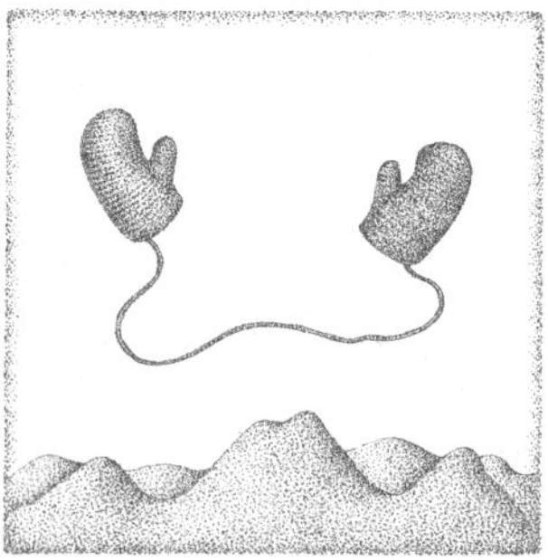

WIND

»LA, LA, LA, LA, LA, la, la, laaaa…«

Als Neftalí erwachte, hörte er Rodolfo Tonleitern üben. Normalerweise hörte er Rodolfo gern zu, nicht aber an diesem Morgen. Vater hielt Gesang für Lärmbelästigung. Und wenn Vater wütend war, konnte er leicht eine Erlaubnis widerrufen, die er schon erteilt hatte. Hoffentlich würde er Neftalí trotzdem zur Schule gehen lassen!

Neftalí sprang aus dem Bett, zog sich hastig an und rannte in Rodolfos Zimmer.

Sein großer Bruder stand vor dem Spiegel

seiner Kommode. Seine dunklen Haare waren zerzaust. Er hielt sich die Hände an die Brust und reckte seinen eher klein geratenen, muskulösen Körper, um ein Stück größer zu wirken. Voller Inbrunst sang er die Notenskala rauf und runter: »La, la, la, la, la, la, la, la, laaaa…«

»R-r-rodolfo!« Warnend legte Neftalí einen Finger an den Mund. Doch es war schon zu spät.

Vaters Stimme dröhnte durchs Haus. »Rodolfo! Hör sofort auf mit diesem nutzlosen Krach!«

Rodolfo verdrehte die Augen, schnappte sich seine Jacke und schob sich an Neftalí vorbei.

Neftalí seufzte, als er an die Strafpredigt dachte, die gleich kommen würde. Er kniff sich in die Wangen, damit sie etwas Farbe bekamen, und folgte Rodolfo in die Küche.

Die anderen saßen bereits am Tisch. Rodolfo blickte starr auf seinen Teller und wich Vaters Blick aus. Mamadre reichte Laurita das Feigengelee. Neftalí zog seinen Stuhl unter dem Tisch hervor und setzte sich schweigend. Vielleicht kam Rodolfo ja noch einmal glimpflich davon.

Doch dann legte Vater los. »Rodolfo, an allen Tagen, die ich die letzten Monate zu Hause war, musste ich dein Trällern ertragen«, sagte Vater streng. »Hast du zu viel freie Zeit? Dann würde ich dir raten, lieber mehr für die Schule zu lernen!«

»Aber …«, begann Rodolfo und blickte von Vater zu Mamadre.

Mamadre nickte ihm fast unmerklich zu und sagte: »Du musst es ihm sagen.«

Rodolfo holte tief Luft und schaute wieder zu

seinem Vater. »Ich … ich übe für eine Schulaufführung. Und …«

Vater beugte sich vor. »Und … was?«

»Mein Lehrer und der Direktor sagen … dass ich, wenn ich Musik studiere, vielleicht ein Stipendium fürs Konservatorium bekommen kann.«

Sein Vater legte die Gabel weg. »Wenn ich eines weiß«, sagte er, »dann ist es, dass keiner meiner Söhne jemals auf ein Musikkonservatorium gehen wird.«

Rodolfo schaute ihn entgeistert an. »Aber …«

Sein Vater schlug mit der Faust auf den Tisch, so dass Rodolfo erschrocken zusammenzuckte. Neftalí machte sich ganz klein auf seinem Stuhl. Laurita griff nach Mamadres Hand.

»José«, sagte Mamadre besänftigend. »Sie sagen, Rodolfo sei sehr begabt.«

»Er ist fünfzehn. In ein paar Jahren muss er sich seinen Lebensunterhalt verdienen. Ein Steckenpferd wie Singen ist völlig nutzlos und bringt ihm keinen Arbeitsplatz ein.« Vater griff wieder nach seiner Gabel und fuchtelte damit drohend in Rodolfos Richtung. »Ich werde es nicht zulassen, dass du dasselbe Schicksal erleidest wie ich. Jahrelang war ich ein armer Tagelöhner und musste auf der Suche nach Arbeit von Stadt zu Stadt ziehen ...«

Neftalí und Rodolfo wechselten einen kurzen Blick und ließen die Köpfe hängen. Sie hatten diese Geschichte schon oft genug gehört.

»Ich musste mich abstrampeln, um etwas zu essen auf den Tisch zu bekommen und auch noch etwas auf die Seite legen zu können«, fuhr ihr Vater fort. »Das Angebot der Eisenbahngesellschaft schließlich war ein Segen für mich und meine Familie. Aber das wäre kein Leben für dich, Rodolfo. Es ist an der Zeit, ernsthaft über deine Zukunft zu reden. Du wirst Kaufmann oder Arzt. Das hätte ich getan, wenn ich die Möglichkeit dazu gehabt hätte. Du wirst jedenfalls deine Zeit nicht länger mit Musik vergeuden, verstanden?« Er wandte sich an Mamadre. »Schreib das dem Lehrer!«

Rodolfo schloss die Augen. Als er sie wieder öffnete, waren seine Wimpern nass.

Neftalí drehte sich weg und schaute auf seinen Teller. Er wollte es Rodolfo nicht noch schwerer machen, als es sowieso schon war.

»Jetzt iss auf, damit du Neftalí zur Schule begleiten kannst. Und sorg dafür, dass ihr dort seid, bevor die Schulglocke läutet. Wir haben dieses Jahr schon einen Brief bekommen, weil er ständig zu spät kommt.«

»Was kann ich denn dafür, wenn er dauernd stehen bleibt und jeden Blödsinn aufhebt?«, brummte Rodolfo.

»Dann pass auf, dass er es nicht tut!«, sagte Vater. »Er soll seinen Kopf mit Fakten und Zahlen füllen, genau wie du. Sonst bleibt er auf ewig ein Träumer. Und achte darauf, dass er sich warm anzieht, damit er keinen Rückfall bekommt.«

Neftalí schaute von Rodolfo zu Vater. Konnten sie denn nicht sehen, dass er hier bei ihnen saß? Er wünschte, er hätte den Mut, seinem Vater zu sagen, dass er nicht jeden Blödsinn aufhob. Er sammelte nur wichtige Dinge. Aber hatte Vater Recht? War er wirklich ein Träumer?

Als sich die beiden Jungen an der Haustür die Mäntel anzogen, sah Rodolfo Neftalí streng an. »Du hast Vater gehört. Zieh dir die Handschuhe an!«

Neftalí zögerte. In den Fäustlingen fühlten sich seine Hände immer so gefangen an. Und kleine Schätze konnte man damit auch nicht aufheben. Er blickte auf. Vater, der noch am Tisch saß, konnte sie durch die offene Tür sehen. Widerwillig streckte Neftalí die Hände vor, damit Rodolfo ihm die Handschuhe anziehen konnte.

Danach griff Neftalí nach seiner Lieblingsmütze, einem alten grünen Regenhut, den Vater ihm geschenkt hatte. Wenn er ihn trug, glaubte er, Vaters ganze Autorität durch die Hutkrempe hindurch zu spüren.

»Willst du wirklich dieses alberne Ding aufsetzen?«, fragte Rodolfo. »Damit halten dich alle für einen Trottel.«

Neftalí drückte die Schultern zurück und zog sich den Hut noch tiefer in die Stirn.

Wütend breitete Rodolfo die Arme aus. »Kein Wunder, dass du keine Freunde hast.« Ohne ein weiteres Wort packte er seinen kleinen Bruder an der Hand und zog ihn zur Tür hinaus.

Wie eine resolute Kröte hüpfte Rodolfo auf der matschigen Straße von Stein zu Stein und zog Neftalí hinter sich her.

Irgendwann hatte Neftalí genug und riss sich los.

»Auf, weiter!«, rief Rodolfo.

Doch Neftalí war stehen geblieben und betrachtete ein Gewirr aus verknoteten Wurzeln, die am Fuß einer Buche hervorquollen.

Rodolfo machte kehrt, packte seinen kleinen Bruder wieder an der Hand und zog ihn unsanft weiter.

Neftalí bemühte sich, mit ihm Schritt zu halten, doch dann sah er den Stiefel, den ihm Laurita am Vortag vom Fenster aus beschrieben hatte. Wieder riss er sich los und rannte hin, um ihn zu holen.

Rodolfo war sofort bei ihm, packte ihn am Arm und zog ihn aus der Hocke hoch. »Du bist ein richtiger Dummkopf. Warum musst du bei jedem Blödsinn stehen bleiben? Kannst du nicht wie ein normaler Junge zur Schule gehen?« Unsanft zog Rodolfo ihn weiter, doch es dauerte nicht lange, bis Neftalí erneut stehen blieb. Er zeigte zum Himmel.

»Was ist denn jetzt schon wieder?«, fragte Rodolfo ungehalten.

Eine kräftige Windböe hatte sich einen Schirm geschnappt und ließ ihn nun ruckartig und schwankend durch die Luft tanzen. Neftalí schaute ihm verzückt nach.

»He, das ist nur ein Schirm. Mehr nicht. Komm weiter!« Rodolfo schob ihn auf den Hof der Knabenschule.

Doch da schnappte sich *el viento* auch noch Neftalís Regenhut. Er riss ihn ihm vom Kopf und warf ihn in der Luft hin und her. Neftalí befreite sich von Rodolfos Hand und rannte seinem Hut nach. Doch jedes Mal, wenn er einen Satz machte und glaubte, er hätte ihn wieder, kam ihm der Wind zuvor, als wollte er mit Neftalí Fangen spielen.

Plötzlich glaubte Neftalí zu hören, wie der Wind ihn auslachte, doch es waren Rodolfo und eine

Gruppe Jungen, die lachend auf ihn zeigten und sich über seine Fangversuche lustig machten. Hilflos musste er mit ansehen, wie der Wind seinen grünen Hut forttrug, bis er schließlich im Araukarienwald verschwand.

Als Neftalí sich enttäuscht der Schule und dem Gespött zuwandte, versuchte er, die Brust herauszudrücken und sich größer zu machen, als er war. Doch ohne Vaters Hut fühlte er sich klein und schwach.

Ein Lehrer stand auf den breiten Stufen des alten Herrenhauses, das zu einer Schule umfunktioniert worden war, und läutete die Glocke. Die Jungen sahen zu, dass sie in ihre Klassenzimmer kamen. Neftalí wollte ihnen nachrennen, doch da entdeckte er einen Käfer auf einem gefleckten Blatt. Ohne lange zu überlegen, zog er die Fäustlinge aus, ließ sie achtlos auf den Boden fallen und bückte sich, um den Käfer näher zu betrachten.

Da hörte er über sich einen tiefen Seufzer.

»Komm schon, Neftalí. Wir bekommen beide Ärger, wenn du nicht pünktlich bist.«

Neftalí hob den Kopf und sah Rodolfos flehentliche Augen. Er griff nach seiner Hand.

»Wo sind deine Handschuhe?«

Neftalí blickte auf die Stelle, wo er sie hatte fallen lassen. Sie waren verschwunden.

»Egal«, sagte Rodolfo. »Beeil dich. Gleich wird die Tür geschlossen.«

»Aber V-v-vater wird …«

»Egal!«, wiederholte Rodolfo mit Nachdruck und spuckte auf die Erde. »Jetzt kann er dich nicht mehr zwingen, sie anzuziehen. Komm endlich!«

Neftalí rannte mit Rodolfo durch die Tür. Doch bevor er in sein Klassenzimmer ging, warf er noch schnell einen Blick durch das Fenster im Korridor und sah, dass der Wind auch seine Handschuhe stibitzt hatte. Sie sahen aus wie Geisterhände, die ihm vom Himmel Chiles aus zum Abschied zuwinkten.

Wo flogen sie hin? Wessen Hände würden sie als Nächstes wärmen?

Während Neftalí seine Fausthandschuhe davonfliegen sah, hatte er plötzlich das Gefühl, als sei auch ein kleiner Teil von ihm selbst mitgeflogen. Würde dieser Teil von ihm früher oder später einen Freund finden? Oder würde er auch nichts taugen?

Zaghaft winkte er seinen Handschuhen nach und flüsterte: *»Adiós.«*

Was bringt uns der Wind?
Was trägt er mit sich fort?
Wo ist sein Fundbüro?

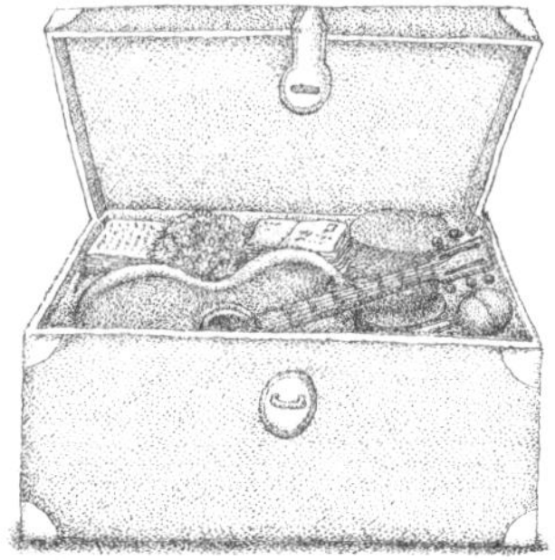

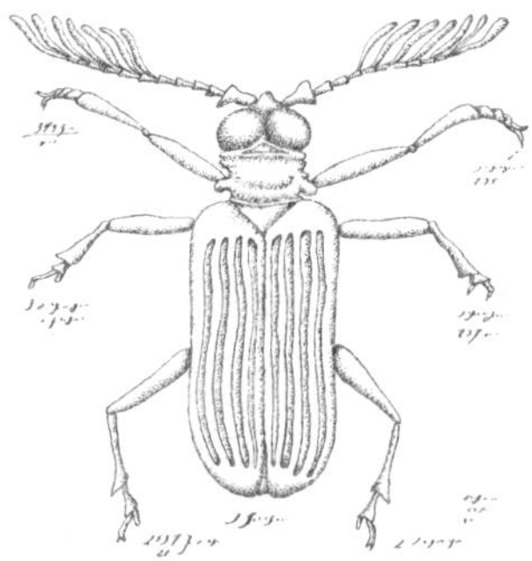

SCHLAMM

plip – plip

plop

oip, oip, oip, oip

tin,

tin,

tin,

tin,

tin

EINEN MONAT LANG liefen die Wolken über und es goss in Strömen. Berge rutschten in Täler, Häuser badeten in flachen Seen und Steine und Erde, an denen sich die Eisenbahnschienen festhielten, verschwanden. Vater bereitete sich wieder einmal auf seine Abreise vor; er würde Bahngleise reparieren und diesmal mehrere Wochen lang fort sein.

Neftalí und Rodolfo standen am Fenster und sahen ihm nach, als er das Haus verließ und am Bahnsteig auf den Zug wartete. Die Arbeiter, die nach und nach eintrafen, scharten sich um ihn.

»Heute macht Vater k-k-kein finsteres Gesicht«, sagte Neftalí. »Er sieht glücklich und zufrieden aus.«

»Er *ist* glücklich«, sagte Rodolfo. »Er ist der Chef und alle müssen ihm gehorchen.«

»Aber s-s-sie mögen ihn«, fügte Neftalí hinzu.

»Siehst du, wie er Witze macht und die Männer lachen?«

Rodolfo schüttelte den Kopf. »Du würdest auch über seine Witze lachen, wenn du deine Arbeit behalten willst.«

»Vater hat v-v-viele Freunde«, beharrte Neftalí. »Wenn er zu Hause ist, ist unser Haus immer voll.«

»Ah, ja? Der große José Reyes. Je mehr Leute an seinem Tisch sitzen, desto wichtiger fühlt er sich. Er verteilt Einladungen wie überreife Pflaumen.« Angewidert verzog Rodolfo das Gesicht. »Meinetwegen könnte er ruhig für immer im Wald bleiben.«

»W-w-warum?«

»Neftalí, fühlst du dich etwa wohl, wenn er da ist?« Rodolfo hielt eine Hand hoch und zählte an den Fingern ab: »Wir dürfen nicht ins Wohnzimmer. Wir dürfen erst essen, wenn unsere Hände blitzblank gescheuert sind. Wir dürfen keinen Lärm machen. Wir dürfen nicht singen. Wir müssen denken wie er.« Rodolfo ließ die Schultern fallen. »Wir dürfen nur so sein, wie er uns haben möchte. Sogar Mamadre ist nur eine Dienerin, wenn er da ist. Wir hängen alle von seiner Gnade ab. Und je älter man wird, desto schlimmer wird es.«

»N-n-nein, für mich nicht. Ich bin kein Sturkopf wie du.«

»Denkst du etwa, es sei meine Schuld? Und dass du, wenn du immer brav gehorchst, später sein ganzer Stolz bist?« Rodolfo verzog das Gesicht. »*Buena suerte.* Viel Glück. Wenn du erst mal in meinem Alter bist, wirst du schon sehen!«

Eine Trillerpfeife ertönte und der Zug setzte

sich schnaufend in Bewegung. Die beiden Jungen sahen ihm nach, bis das Schlusslicht zwischen den Bäumen verschwunden war. »Ich würde so gern auch mal in den Wald«, sagte Neftalí.

»Vergiss es! Es ist eine lange Fahrt und alles andere als lustig«, sagte Rodolfo. »Warum willst du unbedingt dorthin?«

»W-w-weil ich … *alles* sehen will«, erklärte Neftalí. »Die hohen N-n-nadelbäume und die Papageien und die Käfer und die Adler. Vater hat erzählt, im Wald gäbe es einen Vogel, der die Z-z-zukunft vorhersagen kann.«

Rodolfo nickte. »Ah, du meinst den Chucao, den Rotkehltapaculo? Wenn du ihn auf deiner rechten Seite rufen hörst, ist es ein gutes Zeichen und bedeutet Glück und Reichtum. Hörst du ihn aber links von dir, erwarten dich Pech und Enttäuschungen. Man sagt, der Chucao lügt nie. Aber meistens hört man ihn nur und bekommt ihn nicht zu sehen. Er soll sehr scheu sein.«

»Ich will den Chucao unbedingt sehen. Und ich will auch den anderen Vater sehen … den n-n-netten.«

Kopfschüttelnd ging Rodolfo aus dem Zimmer.

Neftalí blieb am Fenster stehen und flüsterte: »Ich will … alles sehen.«

~ ~ ~

Die Tage wurden zu Wochen. Weil der Regen nicht aufhörte, mussten alle im Haus bleiben und alles war so schlammig, dass keine Fuhrwerke mehr fahren konnten.

Schließlich wurde es so schlimm, dass Onkel

Orlando nicht mehr in sein Büro konnte, und er kam in Neftalís Haus und schrieb die Artikel für seine Zeitung am Küchentisch.

Onkel Orlando war der jüngere Bruder von Mamadre und hatte dasselbe breite Gesicht und dieselben braunen Augen mit dem treuen Hundeblick wie sie, aber er war um einiges größer. Neftalí liebte es, ihm beim Arbeiten zuzusehen. Er setzte sich direkt neben ihn und machte seinem Onkel alles nach.

Wenn Onkel Orlando an einem Artikel schrieb, schrieb Neftalí Wörter aus Büchern ab. Wenn Onkel Orlando ein Wort im Wörterbuch nachschaute, tat Neftalí es auch. Wenn er sich den Bleistift hinter das Ohr klemmte, aufstand und ein paar Schritte auf und ab ging, folgte ihm Neftalí wie ein Schatten.

Als Onkel Orlando schon den vierten Nachmittag bei ihnen war, saß auch Laurita in der Küche auf dem Fußboden und spielte mit ihren Puppen, Rodolfo summte vor sich hin, während er seine Hausaufgaben machte, und Mamadre bereitete Kartoffelbällchen für das Abendessen zu. Onkel Orlando saß an einem Ende des Küchentisches, umgeben von seinen Blättern und Büchern, und schrieb. Neftalí stand neben ihm und rutschte immer näher.

»Neffe, ich weiß nicht, ob wir beide auf diesen Stuhl passen … es sei denn, du setzt dich auf meinen Schoß. Willst du mir bei jedem einzelnen Wort zuschauen?«, fragte Onkel Orlando.

Neftalí zeigte ein Blatt. »Was heißt das?«

»*Mapuche*. Das ist der Name der Eingeborenen – unserer Nachbarn.«

Neftalí rutschte mit seinem eigenen Blatt näher und schrieb das Wort ab.

»Wenn das so weitergeht, muss ich dich eines Tages wohl zu meinem Partner machen.«

Neftalí strahlte über das ganze Gesicht.

»Na schön, wenn du mir unbedingt bei meiner Arbeit helfen willst, muss ich mich vermutlich daran gewöhnen, dass du mir immer auf der Pelle liegst!« Onkel Orlando zog Neftalí auf seinen Schoß und kitzelte ihn, während Neftalí zum Schein so tat, als würde er sich wehren. Es dauerte nicht lange, bis sich die beiden auf dem Fußboden wälzten.

Diesen Spaß wollte sich Rodolfo natürlich nicht entgehen lassen und stürzte sich auf sie.

Laurita quiekte, als die drei ihren Puppen gefährlich nahe kamen.

Lachend ließen sie voneinander ab.

Mamadre stand da, die Hände in die Hüften gestützt. »Wie ich sehe, brauchen wir bei diesem trostlosen Regen alle ein bisschen Zerstreuung«, sagte sie. »Wir können nicht ständig in der Küche herumsitzen. Kommt, wir gehen ins Wohnzimmer und ich lese euch etwas vor.«

»Aber wir K-k-kinder dürfen doch gar nicht ins Wohnzimmer«, rief Neftalí ihr in Erinnerung.

Lächelnd zog Mamadre die Augenbrauen hoch. »Heute schon!«

Mamadre und Onkel Orlando kochten für alle leckere heiße Schokolade und Neftalí, Laurita und sogar Rodolfo schleppten kichernd die Decken aus ihren Zimmern ins Wohnzimmer und machten es sich gemütlich.

Bald schon saßen sie alle in ihre Decken gehüllt da und nippten an ihren Tassen mit dampfendem Kakao. Mamadre schlug ein Buch auf, hüstelte und begann eine Geschichte vorzulesen, die sie alle in ein Land voller Elfen und Prinzessinnen entführte.

Als das Märchen zu Ende war, warf Laurita ihre Decke von den Schultern, sprang auf und hüpfte im Kreis herum. »Ich bin eine Prinzessin! Ich bin eine Prinzessin!«

»Wie eine Prinzessin siehst du aber nicht aus«, sagte Rodolfo spöttisch.

Onkel Orlando schaute zu Mamadre. »Stimmt, das tut sie wirklich nicht. Kann man das nicht ändern?«

Mamadre lächelte, erhob sich und kniete sich

vor den riesigen Schrankkoffer mit den Messingbeschlägen.

Keines der Kinder hatte jemals einen Blick in den Koffer geworfen. Neftalí warf Rodolfo einen fragenden Blick zu, doch der zuckte nur grinsend die Schultern. Laurita hielt sich vor Aufregung die Hand vor den Mund.

Mamadre hob den schweren, messingbeschlagenen Deckel an.

Der Geruch von muffiger Kleidung und Zedernholz zog Neftalí wie magisch an.

Mamadre holte einen Stapel fein säuberlich gefalteter Kleidungsstücke, einen Wollmantel und eine Pelzkappe heraus und reichte sie Neftalí. Aus den Tiefen des Koffers förderte sie dann einen Unterrock mit Spitzen und einen hauchdünnen Schal zutage. Laurita zog den Unterrock über ihre Sachen. Als sie sich damit voller Stolz im Kreis drehte, nahm Mamadre eine Gitarre aus dem Koffer. Sie reichte sie Onkel Orlando, der sofort begann, die Saiten zu spannen und die Gitarre zu stimmen.

Mamadre fand auch einen Zylinder. Den bekam Rodolfo.

Während Mamadre den Schal um Lauritas Schultern drapierte, nutzte Neftalí die Gelegenheit und trat an den Koffer. Neugierig spähte er hinein. Unten auf dem Boden sah er ein Bündel Briefe und Postkarten liegen, die mit einem Satinband zusammengebunden waren. Wie viele Wörter sich darin wohl verbargen?

Er bückte sich, um nach dem Bündel zu greifen … und fiel kopfüber in den Koffer!

Mamadre fuhr erschrocken herum. »Neftalí!«

Seine Stimme drang gedämpft aus den Tiefen des Koffers. »Hier, hier.«

Onkel Orlando befreite ihn aus seiner misslichen Lage und setzte ihn auf das Sofa. Neftalí hatte das Bündel Briefe jedoch nicht losgelassen. Jeder Brief war an der Oberseite fein säuberlich aufgeschlitzt worden, die Klappe war noch mit Siegellack versehen, in das ein Herz eingeprägt war. Auf den obersten Brief hatte jemand das Wort LIEBE über das Siegel geschrieben.

Mamadre nahm ihm das Bündel aus der Hand, legte es in den Koffer zurück und schloss den Deckel behutsam. »Neftalí, der Deckel hätte dir auf den Kopf fallen können. Oder auf die Hände. Und weswegen? Wegen ein paar alter Briefe und Postkarten von Verwandten, die wir nicht einmal kennen! Versprich mir, dass du diesen Koffer nie wieder anfassen wirst!«

Mit einem bedauernden Blick auf den Koffer sagte Neftalí tapfer: »V-v-versprochen.«

Onkel Orlando schlug die Saiten an. »Neftalí, komm, stell dich neben mich. Da du ja neuerdings mein Partner bist, frage ich dich, was wir nun machen sollen.«

Neftalí blickte auf. »Ein Lied s-s-singen?«

»Einverstanden«, sagte Onkel Orlando, stellte einen Fuß auf einen Stuhl und stützte die Gitarre auf das Knie. »Rodolfo? Gibst du uns die Ehre? Niemand in der Familie singt so gut wie du.« Er begann zu spielen.

Rodolfo zögerte und schaute fragend von Mamadre zu Onkel Orlando.

»Dein Vater ist nicht da, Rodolfo«, sagte Onkel Orlando. »Und du würdest mir eine große Freude machen.«

Unsicher blickte Rodolfo wieder zu Mamadre.

Sie nickte ihm aufmunternd zu.

Neftalí wünschte sich ebenfalls, Rodolfo aus voller Kehle singen zu hören. Er klatschte in die Hände. »J-j-ja!«, rief er.

Rodolfo lächelte und setzte sich den Zylinder auf. Dann begann er zu singen, anfangs noch ganz leise und zaghaft: »*Libiamo, libiamo ne' lieti calici che la bellezza infiora* …« Auf, trinket in durstigen Zügen den Kelch, von Schönheit umkränzt …

Er verstummte und blickte sein Publikum unsicher an.

Onkel Orlando nickte. »Mach weiter. Ich kenne

das Lied. Es ist aus *La Traviata*. Aber sing es lauter und schneller. Es ist ein fröhliches Lied.« Er begann wieder mit den Anfangsakkorden.

Rodolfo hob noch einmal an.

Mamadre und Laurita hielten sich an den Händen und fingen an zu tanzen.

Neftalí drückte die Brust heraus, klopfte mit dem Fuß auf den Boden und klatschte dazu im Takt.

Laurita und Mamadre drehten sich immer ausgelassener im Kreis und lachten übermütig.

Neftalí konnte den Blick nicht von Rodolfos Gesicht abwenden, aus dem jede Spur von Wut und Missmut verschwunden war. Seine Stimme klang tief und voll und wie die eines richtigen Opernsängers.

Rodolfo breitete beide Arme aus und sang und

seine Tenorstimme schwoll an und war so herrlich, dass Neftalí ganz feuchte Augen bekam.

Zum Abschluss spielte Onkel Orlando etliche klangvolle Akkorde, um Rodolfos lang ausklingenden Schlusston zu untermalen.

Mit einer schwungvollen Bewegung nahm Rodolfo den Hut vom Kopf und machte eine formvollendete Verbeugung. Mamadre und Laurita fielen ihm um den Hals.

»B-b-bravo!«, rief Neftalí.

Neftalí konnte sich nicht erinnern, Rodolfo oder Laurita jemals so glücklich erlebt zu haben. Oder wann er Mamadre das letzte Mal so laut hatte lachen hören. Er lief zu seiner Familie, umschlang sie mit beiden Armen und wünschte sich, dieses wunderbare Glücksgefühl würde niemals enden.

Doch plötzlich zuckte Mamadre zusammen. Sie hob eine Hand und legte den Kopf schief.

Alle erstarrten und spitzten die Ohren, um zu hören, was Mamadre als Erste gehört hatte. Da! Das schwache Pfeifen eines Zuges in der Ferne. Obwohl Tag für Tag etliche Züge durch Temuco fuhren, erkannte sie Vaters Zug sofort. Ihr Lächeln erlosch.

Neftalí sah, dass Rodolfo ganz blass wurde.

»Keine Angst«, sagte Mamadre. »Der Zug ist noch nicht da. Machen wir schnell …«

Allgemeine Hektik brach aus.

Rodolfo und Onkel Orlando legten die Sachen rasch in den Koffer zurück. Laurita sammelte die Tassen und Untertassen ein. Doch ihre Hand zitterte so sehr, dass eine Tasse auf den Boden fiel und zerbrach. Vor Schreck musste sie weinen.

Neftalí rannte zu ihr, um sie zu trösten. »Ist doch nicht schlimm, Laurita. B-b-bring du die Decken in die Zimmer zurück. Ich sammle die Scherben ein.«

Mit großen Augen schniefte Laurita: »Aber – aber …«

»Wenn Vater etwas merkt, sage ich, ich hätte die Tasse fallen lassen«, sagte Neftalí.

Mit dem Ärmel wischte sie ihre Tränen ab, lächelte ihn dankbar an und sammelte dann die Decken ein.

Mamadre hastete von einem Zimmer ins nächste, um alles vorzubereiten. Aus der Küche holte sie eine Decke für den Esstisch, dann nahm sie die Kerzenleuchter von der Anrichte. Konzentriert und sorgfältig faltete sie Servietten und stellte wortlos Gläser und Teller auf den Tisch.

Nachdem Neftalí die Tassen und Untertassen in die Küche gebracht hatte, beeilte er sich, Rodolfo und Onkel Orlando dabei zu helfen, zusätzliche Stühle ins Esszimmer zu tragen. Ihm war schon jetzt unwohl bei dem Gedanken an die Erwachsenen, die nachher hier sitzen, ihn anschauen und alles Mögliche fragen würden.

»Wie v-v-viele Stühle?«

»Mindestens zwölf«, antwortete Mamadre, ohne aufzublicken. »Falls Vater nicht so viele Gäste aus dem Zug mitbringt, lädt er bestimmt noch Leute auf der Straße ein. Kämmt euch. Wascht euch die Hände. Ich muss in die Küche und die *empanadas* warm machen.«

Bei dem Gedanken an die mit Fleisch gefüllten Teigtaschen und die Steaks lief Neftalí das Wasser im

Munde zusammen. Hoffentlich würde das Essen das Gefühl von Leere in seinem Bauch füllen, das ihn beim Pfeifen des Zuges überkommen hatte – so als hätte er plötzlich etwas verloren.

Er sah Mamadre nach, die nun in die Küche eilte, mit ernstem, besorgtem Gesicht. Was war aus ihrem Lachen, ihren blitzenden Augen und ihren geröteten Wangen geworden? Wo nur hatte Mamadre sie versteckt?

~ ~ ~

Es dauerte keine Stunde, bis Vaters Stiefel über die Holzdielen im Flur polterten. Seine tiefe Stimme füllte das Haus. »*Aquí estoy!*« – Hier bin ich!, rief er und pfiff zur Bekräftigung kurz in seine Lokführerpfeife.

Neftalí, Rodolfo und Laurita stellten sich vor

ihm auf. Sie streckten ihre Hände vor, mit den Handflächen nach oben, damit ihr Vater sie inspizieren konnte. Neftalís Hände waren ganz rot, weil er sie so kräftig geschrubbt hatte.

»Zufriedenstellend.« Vater nickte, drehte sich um und steuerte das Esszimmer an.

Da ging die Haustür erneut auf und Männer strömten ins Haus: Arbeiter von der Eisenbahn, Ladenbesitzer und sogar ein reisender Händler, der nicht mehr weiterkam und hier in Temuco übernachten musste.

Vater füllte die Gläser und wies jedem seiner Gäste einen Platz zu.

Neftalí saß da, so aufrecht wie möglich, starrte angestrengt auf seinen Teller und hoffte, dass niemand auf die Idee kommen würde, ihn anzusprechen.

Unauffällig hob er das Tischtuch und blickte sehnsüchtig unter den Tisch. Wie gern hätte er sich zu den Stiefeln dort unten geflüchtet.

Vater setzte sich ans Kopfende, war den Gästen gegenüber so jovial und großzügig wie immer und gab Geschichten zum Besten, so mühelos, wie er das *pan amasado* herumreichte, das hausgemachte Brot. Er erzählte von Percheron-Pferden, Pumas und den Mapuche.

»Wie sieht es denn hier mit den Mapuche aus?«, fragte der reisende Händler.

»Wir versuchen, sie von hier zu vertreiben«, erklärte einer der Ladenbesitzer. »Aber die meisten weigern sich. Es sind schwierige Zeiten für diejenigen von uns, die das Land erschließen und aus Temuco ein hübsches Städtchen machen wollen.«

Onkel Orlando räusperte sich. »Die Mapuche leben hier seit Hunderten von Jahren. Warum sollten sie ihre Heimat aufgeben?« Man merkte ihm an, dass es in ihm loderte. Seine Augen blitzten vor Empörung.

Neftalí bewunderte seinen Onkel, der sich nie scheute, seine Meinung offen zu äußern. Würde er, Neftalí, später auch mal so selbstbewusst sein?

»Ihre Anwesenheit ist unerwünscht«, beharrte der Krämer. »Sie wollen sich nicht den Sitten und Gebräuche von uns Städtern anpassen. Diese Leute können nicht einmal lesen! Der Schuhmacher musste ein Ladenschild mit einem riesigen Schuh aufhängen, beim Eisenwarenhändler hängt eines mit einem großen Hammer über der Tür … und beim Schlosser ein großer Schlüssel. Das ist doch absurd! So ein Aufwand, nur damit diese Leute wissen, wo was ist?«

Neftalí hatte diese Schilder auch schon gesehen. Das mit dem Riesenschuh gefiel ihm am besten.

»Und wo ist das Problem?«, fragte Onkel Orlando. »Warum lernen wir nicht ein paar Wörter *ihrer* Sprache? Schließlich sind *wir* in *ihr* Land gekommen. Warum sollten sie so denken wie wir? Warum sollten sie ihre alten Traditionen aufgeben, die sie seit vielen Generationen pflegen?«

Neftalí dachte über die Worte seines Onkels nach. Er konnte sich nicht vorstellen, wie es wäre, wenn man ihn aus seinem Heim vertreiben würde, ohne seine Bücher und seine vielen Fundstücke. Ganz zu schweigen davon, wenn er nicht mehr in seine Schule oder zum Río Cautín gehen könnte. Seine Augen wanderten zwischen den beiden Männern hin und her, die sich diesen Schlagabtausch lieferten. Ihre Stimmen wurden mit jedem Mal schärfer.

»So was nennt man Fortschritt«, fauchte der Krämer. »Mir geht es ums Geschäft, nicht mehr und nicht weniger.«

»Ich nenne es Habgier«, antwortete Onkel Orlando. »Ihr und Euresgleichen denkt nur an Euren Vorteil!«

»Moment mal«, sagte der Krämer bedächtig und musterte Onkel Orlando mit zusammengekniffenen Augen. »Ich kenne Euch! Ihr seid der Mann, dem *La Mañana* gehört, die Zeitung, die sich so vehement *für* die Mapuche einsetzt!«

Onkel Orlando erhob sich.

Neftalís Augen weiteten sich vor Angst. Der Krämer war viel größer und kräftiger als Onkel Orlando.

»Meine Herren! Wir sind hier unter Freunden!«, warf Vater ein. »Über die Mapuche können wir uns ein andermal unterhalten!«

Onkel Orlando setzte sich wieder und verschränkte die Arme vor der Brust.

Der Krämer spießte sich ein Stück Fleisch auf die Gabel und kaute zornig. Dabei wanderte sein Blick von einem Anwesenden zum nächsten.

Niemand sagte ein Wort.

Mamadre erhob sich. Das Scharren der Stuhlbeine durchbrach die beklemmende Stille.

Vater wandte sich an einen seiner Arbeiter. »Erzähl den Kindern von dem Käfer, den du gestern entdeckt hast!«

Neftalí setzte sich aufrechter und spitzte die Ohren.

»Ah, den habe ich auf einem Arrayán entdeckt, einem *Luma*-Baum. Er sah aus wie ein lebender Edelstein, so viele funkelnde Farben hatte er – rosa, grün, violett und silbern. Und als ich versucht habe, mir den kleinen Kerl zu schnappen, ist er einfach weggeflitzt. Eben war er noch da und im nächsten Augenblick … schwupp! … war er weg!« Er nickte Neftalí zu. »Junger Mann, warst du schon mal im Wald?«

Alle schauten Neftalí an. Er wusste, dass er antworten musste, wenn ein Erwachsener ihn etwas fragte. Doch er merkte, dass sich seine Haut anspannte und ihm das Blut in den Kopf stieg.

»N-n-n…« Das Wort wollte einfach nicht über seine Lippen. Er versuchte es erneut: »N-n-n-n-n…«

Sein Vater wurde sichtlich verlegen und lief

ebenfalls rot an. »Achtet nicht auf ihn. Er ist ein Träumer, mit seinen Gedanken stets woanders. Völlig zerstreut. Er ist so in seine eigene Welt versunken, dass er kaum reden kann. Wenn ich nur wüsste, was mal aus ihm werden soll!«

Neftalí blickte verlegen auf seinen Teller und fühlte sich wie gelähmt. Atmete er überhaupt noch?

»Es ist doch nichts Schlimmes, wenn jemand in Gedanken versunken ist«, sagte da Onkel Orlando. »Aber vielleicht täte es Neftalí ganz gut, wenn er mehr an die Luft käme. Und bei einer Fahrt in den großen Wald könnte er die Welt mal so sehen, wie sie wirklich ist – dieses wunderschöne Land und seine Ureinwohner –, bevor die Bauunternehmer und Spekulanten kommen und alles verändern.« Er schaute Neftalí an. »Neffe, das würde dir sicher gefallen, oder?«

Neftalí hob den Kopf ein paar Zentimeter und nickte.

»Vielleicht nächstes Jahr«, brummte Vater, »wenn er nicht mehr so kränklich ist.« Er wandte sich an Mamadre. »Wie wäre es jetzt mit dem Kaffee? Kinder, ihr könnt gehen.«

Endlich war Neftalí erlöst. Erleichtert rutschte er von seinem Stuhl und rannte in sein Zimmer. Mit den gedämpften Stimmen der Erwachsenen im Hintergrund stellte er sich vor seine Sammlung an Schätzen. Er rückte die Reihen von Steinen, Zweigen, Nestern gerade, berührte jeden einzelnen Gegenstand, als würde er dessen Anwesenheit überprüfen. Vaters Worte hallten in seinem Kopf nach.

Ein Träumer. Zerstreut.

Es passte irgendwie nicht. Wie konnte er zerstreut sein, wenn sein Kopf doch ständig mit so vielen Dingen beschäftigt war?

Er zog seine Schublade auf und faltete die Zettelchen auseinander, die er darin aufbewahrte. Dann las er die Wörter laut vor, sprach jedes absolut fehlerfrei aus. Und bevor er sie wieder zurücklegte, fügte er ein neues hinzu: Luma.

Später, als Neftalí schon im Bett lag, versuchte er noch, sich den Käfer im *Luma*-Baum vorzustellen, den Käfer, der wie ein lebender Edelstein aussah und sich von einer Sekunde auf die andere in Luft auflösen konnte.

Die Worte seines Vaters gingen ihm nicht aus dem Sinn.

Neftalí wünschte sich, die Zeit könnte sich ebenfalls so schnell in Luft auflösen wie der farbenprächtige Käfer – mit einem *puff!* –, denn er hätte zu gern gewusst, was eines Tages aus ihm werden würde.

Welche Farbe hat eine Minute?

Ein Monat?

Ein Jahr?

Ich bin Poesie,

lauere im gesprenkelten Schatten.

Ich bin das wirre Durcheinander

einer Wurzel

und eines knorrigen Astes.

Ich bin die Symmetrie

des Insekts,

des Blattes

und der ausgebreiteten Flügel eines Vogels.

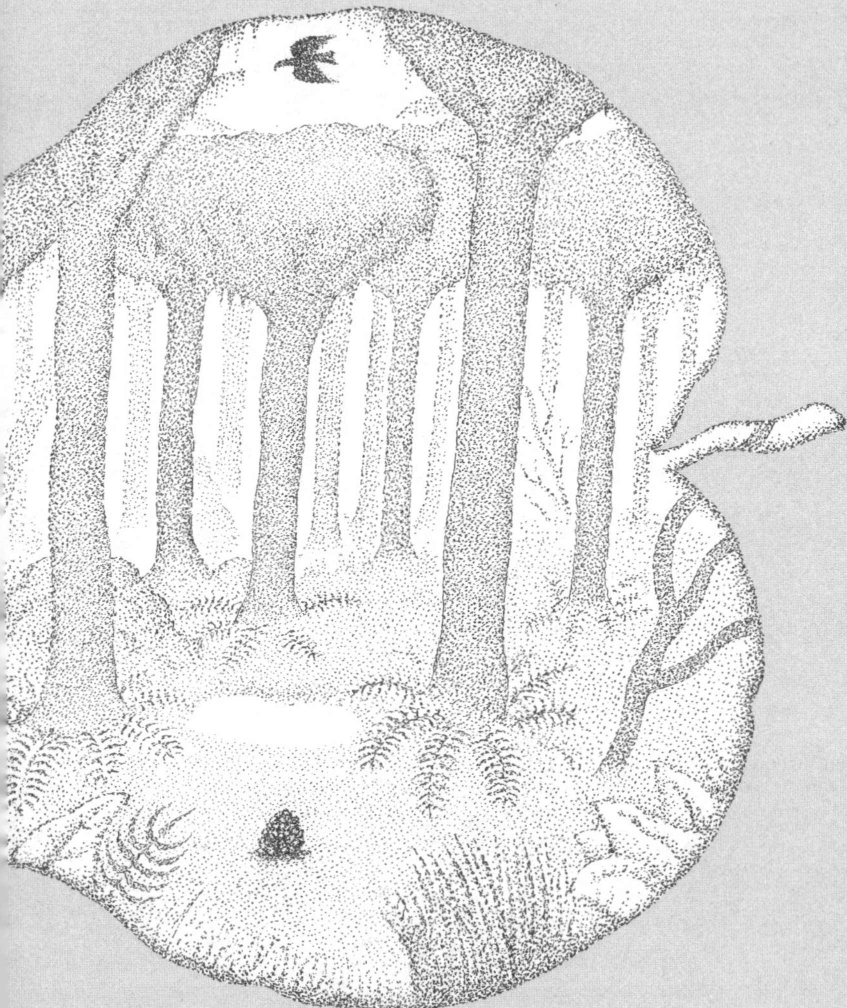

WALD

»DAS IST UNKRAUT, NEFTALÍ«, sagte Rodolfo. »Es sind keine Blumen. Und jetzt komm weiter! Wenn ich deinetwegen schon wieder zu spät zur Schule komme, erzähle ich es Vater. Und ich will heute nicht rennen.«

Schweren Herzens hörte Neftalí auf, die winzigen Blüten zu pflücken, die die Frühlingsluft so pfeffrig-würzig machten. Er steckte die, die er bereits gepflückt hatte, in seine Tasche und bemühte sich, seinen großen Bruder einzuholen.

Überrascht starrte Rodolfo ihn an. »Was ist los? Hörst du heute etwa auf mich?«

»Ich will k-k-keinen Ärger bekommen. Heute in drei Tagen nimmt Vater mich im Zug mit in den Wald. Ich bin jetzt alt genug. Ich bin acht. Und kräftig.« Er hielt einen Arm hoch und versuchte, seine Muskeln anzuspannen.

Rodolfo knöpfte ihm den obersten Knopf zu. »Schön für dich. Mir wäre es egal, wenn ich *nie mehr* in den Wald käme.«

»W-w-weil Vater dich ja so oft mitnimmt. Was hast du letzte Woche gesehen?«

Rodolfo gab ihm keine Antwort. Er nahm Neftalís Hand, schaute stur geradeaus und zog ihn mit sich zur Schule.

»V-vögel? Hast du Vögel gesehen?« Neftalí ließ nicht locker.

Rodolfo seufzte. »Ja, ich habe Vögel gesehen.

Sogar den scheuen Chucao. Und der Chucao hat mir eine Warnung zugerufen.«

Neftalí zog so heftig an Rodolfos Hand, dass dieser stehen blieb. »Woher hast du gewusst, dass es ein Chucao war?«

»Ganz einfach – er ruft ja seinen Namen. *Tschukao.* Ein Chucao ist sehr klein und hat eine kupferrote Brust. Aber seine Größe täuscht. Er hat eine erstaunlich laute Stimme.«

»Hast du ihn rechts oder links von dir gehört?«

»Links«, antwortete Rodolfo kurz angebunden.

»Und dann? Ist dir hinterher etwas Schlimmes passiert?«

Rodolfo scharrte mit der Spitze seines Stiefels im Straßenstaub. »Ein bisschen.«

»Aber wenn du ihn links von dir gehört hast,

hättest du dich doch nur ganz schnell umdrehen müssen …« Neftalí machte es ihm vor. »Dann wäre der Chucao rechts von dir gewesen und du hättest Glück gehabt!«

Rodolfo verdrehte die Augen. »Das hätte nichts genützt. Es gibt nur ein Gegenmittel. Du musst blitzschnell etwas ausziehen – den Hut, einen Schuh oder das Hemd – und sofort wieder anziehen. Wenn du das schnell genug machst, kannst du das Pech noch abwehren. Ich habe mir den Hut vom Kopf gerissen.«

»Schnell genug? Konntest du das Pech abwehren?«

Rodolfo runzelte die Stirn. »Zum Teil …« Es war, als hätte sich eine dunkle Wolke auf Rodolfo herabgesenkt. Er nahm Neftalís Hand und zog ihn energisch weiter in Richtung Schule.

»Was ist passiert? Bist du von einer Hornisse gestochen worden?«

»Ist nicht wichtig.«

»Was hast du sonst noch im Wald gesehen?«, bohrte Neftalí weiter.

Rodolfo ignorierte die Frage.

»Du musst noch *mehr* gesehen haben ... A-a-adler? Hast du Adler gesehen? Und Vater? Wie war er? Erzähl es mir, *porfa* ...«

»Geh mir nicht auf die Nerven!«, fauchte Rodolfo. »Und lass mich mit deinen Fragen in Ruhe. Sonst erzähle ich Vater, dass ich deinetwegen zu spät zur Schule gekommen bin. Und dann kannst du deine heiß ersehnte Fahrt in den Wald vergessen!«

Was war mit Rodolfo los? War er eifersüchtig, weil er, Neftalí, das nächste Mal mitfahren durfte?

Oder hatte er einfach nur schlechte Laune?

Rodolfo ließ seine Hand erst auf dem Schulhof los. »Geh in dein Klassenzimmer. Und falls du hoffst, im Wald den sogenannten *netten* Vater vorzufinden, mach dich auf eine Enttäuschung gefasst.« Er wandte sich um und ging mit eingezogenem Kopf davon, die Hände in die Taschen seines Mantels vergraben.

Neftalí schaute ihm nach und merkte erst da, dass Rodolfo hinkte.

~ ~ ~

Als Neftalí drei Tage später die Augen aufschlug, war sein Zimmer in das zarte Licht der Morgendämmerung getaucht. Zum Aufstehen war es noch zu früh. Er starrte an die Decke und dachte an die vielen

Dinge, die er im Wald finden und mit nach Hause nehmen würde.

Plötzlich verbreiterten sich die Risse in der Decke und ließen den Himmel herein. Neftalí lag zwar weiterhin in seinem Bett, doch dieses stand unter einem gewaltigen Baum mit dickem Stamm. Er stand auf, zog seine Stiefel an und beschloss, um den Stamm herumzugehen, weil er wissen wollte, wie viele Schritte er dafür machen musste. »Dreiundvierzig, vierundvierzig, fünfundvierzig …« Am Bett hatte er angefangen, doch egal wie viele Schritte er auch machte, er kam einfach nicht zu seinem Bett zurück. Da kam Neftalí die Idee, auf den Riesenbaum zu klettern, um so einen Weg zurück zu finden. Er war schon hoch oben im Geäst, als er plötzlich die Stimme seines Vaters hörte.

»Neftalí, hast du heute Nacht etwa mit den Stiefeln geschlafen?«

Auf einen Schlag plumpste Neftalí in sein Bett zurück.

Sein Vater stand über ihn gebeugt, mit einem dunkelgrauen Umhang, den Neftalí noch nie an ihm gesehen hatte.

Neftalí setzte sich auf und starrte benommen auf die Stiefel an seinen Füßen. »Ich w-w-wollte reisebereit sein.« Er sprang aus dem Bett und sein Herz klopfte vor Aufregung.

»Immer langsam mit den jungen Pferden!«, sagte Vater mit einem Schmunzeln. »Wir haben noch viel Zeit. Komm frühstücken. Und zieh dir etwas Warmes an. Morgens ist es immer ganz schön frisch.«

Neftalí zeigte auf den Umhang. »W-was ist …?«

»Ach, die *Manta*? Ja, die ist neu. Hab ich von der Eisenbahnkompanie erhalten, für treue Dienste. Feinste Wolle, regenfest. Also, mach dich in Ruhe fertig. Ich erwarte dich am Bahnsteig.« Nach diesen Worten drehte er sich um und stapfte aus Neftalís Zimmer, mit großen Schritten und wehendem Umhang.

~ ~ ~

Als Neftalí die Küche betrat, saß Rodolfo bereits am Tisch und aß vom selbst gebackenen Weißbrot.

Mamadre nickte Neftalí zu und er setzte sich an seinen Platz, wo bereits eine Brotscheibe lag, die nur darauf wartete, mit Marmelade bestrichen zu werden.

Laurita kam mit verschlafenen Augen in die Küche und zog ihre Stoffpuppe hinter sich her.

Mamadre hob sie hoch, drückte sie kurz an sich und setzte sie dann auf einen Stuhl. Sie reichte Neftalí eine Tüte. »Brote, ein paar Früchte und Käse für später. Es wird ein langer Tag werden im Zug und du hast sicher großen Hunger.«

»Ich möchte auch mitfahren«, sagte Laurita.

»Dafür bist du noch zu klein«, erklärte ihr Neftalí. »Du musst erst so groß sein wie ich. Stimmt's, Rodolfo?«

Rodolfo starrte nur stumm auf seinen Teller.

Er schwieg, bis Laurita etwas Marmelade auf ihr Kleidchen kleckerte und Mamadre mit ihr zusammen die Küche verließ, um sie umzuziehen. Erst da legte Rodolfo seine Gabel weg und beugte sich über den Tisch. »Neftalí, hör mir zu! Wenn du mit Vater unterwegs bist, musst du ihm gehorchen. Tu alles, was er dir sagt. Steh den Arbeitern nicht im Wege. Das hab ich mal getan und musste zur Strafe den ganzen Morgen im Zug sitzen bleiben. Und rede nur mit den Arbeitern, wenn sie dich zuerst ansprechen. Sonst wird Vater denken, du hältst sie von der Arbeit ab. Und da ist noch etwas … und es ist sehr wichtig.« Rodolfo beugte sich ein Stück weiter über den Tisch und legte eine Hand auf Neftalís Arm. »Hörst du mir zu?«

Neftalí nickte.

»Wenn er pfeift, lauf sofort zum Zug zurück, damit er nicht kommen und nach dir suchen muss. Das war *mein* großer Fehler. Letzte Woche … Als der Zug weiterfahren sollte, war ich nicht pünktlich zur Stelle und Vater musste nach mir suchen. Und da hat er mich bei etwas Verbotenem ertappt.«

Neftalí erschrak. »W-was hast du denn getan?«

Rodolfo starrte ins Leere. Dann ließ er Neftalís Arm los, stützte sich auf die Tischplatte und erhob sich.

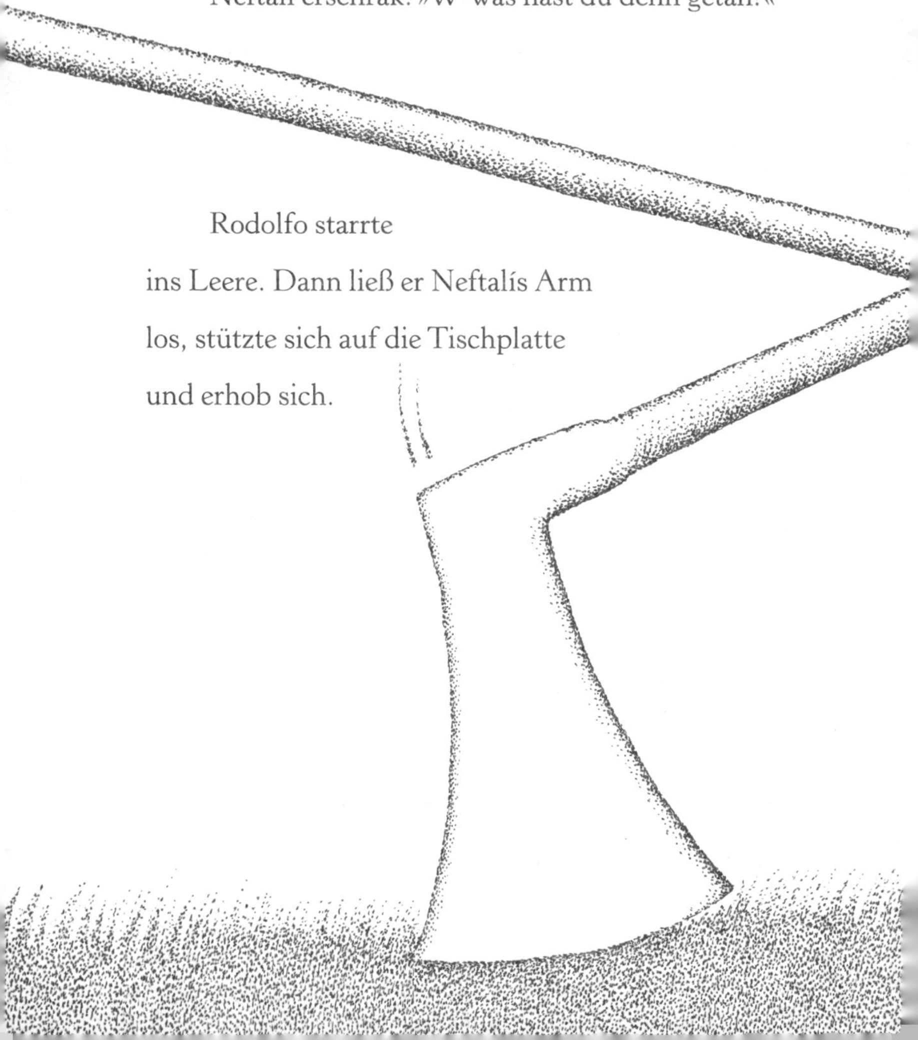

Leise sagte er: »Ich habe gesungen.«

Unter einem Schleier aus Dampf fuhr Neftalí mit dem schnaufenden Zug in den Regenwald. Er schaute aus dem Fenster und dachte über Rodolfos Worte nach. Nach außen hin sah es so aus, als hätte er alle Befehle seines Vater befolgt: Er trug einen dicken Wollpullover, saß vorn neben Vater, zappelte nicht herum und kletterte nicht auf die Bank; er hatte mit keinem der Arbeiter geredet und verhielt sich so unauffällig wie möglich. Innerlich aber hüpfte er vor Aufregung auf und ab. Sein Magen schlug Purzelbäume und er zwickte sich ab und zu heimlich in den Arm, um ganz sicherzugehen, dass er nicht träumte.

Es dauerte mehrere Stunden, bis der Zug anhielt. Die kräftigen Arbeiter sprangen aus den Waggons. Neftalí stieg erst mit seinem Vater aus – und er betrat eine Welt voller Nadelbäume.

Ihm war fast schwindelig vor Aufregung. Er konnte den Kopf gar nicht schnell genug drehen, um alles aufnehmen zu können: winzige Nadeln aus Licht, die sich durch das Dach der Bäume bohrten, das üppige Grün der Pflanzen und Gehölze, der moderige Geruch riesiger Pilze, der frische Tannenduft, die Papageien, die unerwartet aufkreischten und aus dem Dickicht aufflogen.

Vater stand neben ihm, blies in seine Pfeife und erteilte den Männern Befehle und sie begannen sofort damit, Steine aus dem Fels zu schlagen.

»Siehst du?«, sagte Vater. »Die Männer schaufeln die Steine in diese Tröge da, die auf den gekreuzten Stangen liegen. Jeweils zwei Männer heben die Stangen dann hoch, wenn die Tröge voll sind, und transportieren den Schotter zu den Waggons. Diese Steine brauchen wir als Beschwerung, um das vom Regen ausgewaschene Gleisbett wieder zu befestigen.«

Neftalí nickte fasziniert und schaute zu, wie die Männer die vollen Tröge hochhoben und zum Zug schleppten – eine wahrlich schweißtreibende Angelegenheit.

»Bleib in der Nähe. Ich pfeife, wenn es Zeit zum Mittagessen ist.« Vater eilte zu seinen Arbeitern.

Neftalí war froh, dass er den Wald auf eigene Faust erkunden durfte. In andächtigem Staunen machte er die ersten Schritte. Und obwohl er brav in der Nähe des Zuges blieb, hatte er plötzlich das Gefühl, unter der Kuppel eines riesigen Doms zu stehen, in einer Welt ohne Himmel.

Nach ein paar weiteren zögernden Schritten blieb er erneut stehen und staunte über all das Neue, was er sah: die Unterseiten gewaltiger Wedel, die leuchtenden Flügel von Insekten, die Vogelfedern und die Schoten, die von dem Baldachin über seinem Kopf baumelten. Er stopfte seine Taschen voll mit Zweigen und glitschigen Rebhuhneiern. Er drehte tote Äste um und entdeckte Mulden, in denen Spinnen zu Hause waren.

Den ganzen Vormittag über streifte Neftalí durch diese fremde neue Welt und schwelgte in den Gerüchen von feuchtem Laub, wilden Kräutern und Zimt. Mit einem Stöckchen räumte er ein Stück Erde frei, um darauf zu schreiben. Genüsslich flüsterte er den Bäumen die Wörter zu, die er gerade schrieb, und freute sich über die rhythmischen Laute, die über seine Lippen kamen.

CHUCAO

RAULI

LIANA

LUMA

HIERBA

COPIHUE

MAPUCHE

PUMA

Er schaute sich um, um sich zu vergewissern, dass niemand in der Nähe war. Wenn Vater ihn sah oder hörte, dass er vor sich hin murmelte, würde er ihn erst recht für einen Träumer halten! Tat er etwas Falsches?

Er wischte die Wörter weg und verteilte mit den Füßen wieder Blätter über der Stelle.

Unter einem verfaulenden Baumstamm ganz in seiner Nähe war plötzlich ein Rascheln zu hören und Neftalí bückte sich, um zu sehen, woher es kam. Ein großer Käfer mit einem gebogenen Horn am Kopf wuselte unter den Blättern hervor. Zuerst zuckte Neftalí zurück, doch dann beugte er sich wieder vor, um sich das zischende Tier genauer anzusehen. Es war mit Abstand der größte Käfer, den er je gesehen hatte. Und er sah auch richtig angriffslustig und gefährlich aus!

»Ein richtiges Monster, nicht wahr?«

Wieder erschrak Neftalí. Als er den Kopf hob, sah er seinen Vater direkt neben sich stehen. Hatte er etwa gepfiffen und er, Neftalí, hatte nichts gehört? Doch zum Glück sah sein Vater nicht wütend aus.

»Es ist ein Nashornkäfer«, erklärte Vater. »Er ist so stark, dass er ein Holzstück tragen kann, das achthundert Mal mehr wiegt als er selbst. Siehst du seine Fühler? Und das Horn an seinem Kopf? Damit kämpft er. Er ist ein König.« Freundschaftlich klopfte er Neftalí auf den Rücken. »Wir essen bald zu Mittag. Sei in ein paar Minuten am Zug, verstanden?«

Neftalí nickte und schaute ihm nach, als er, in seinen dunklen Umhang gehüllt, mit großen Schritten fortging, stolz, als gehöre der Wald ihm.

Neftalí wandte sich wieder dem Käfer zu. Wie

konnte ein so kleines Tier so viel tragen? Besaß es magische Kräfte?

Während er noch den Käfer bestaunte, verbog sich plötzlich dessen Rückenschild, schwoll an und wurde größer und größer. Die Beine wurden länger und länger, bis der Käfer so groß war wie ein Pony. Neftalí bekam vor Staunen den Mund nicht mehr zu. Zwei große runde Augen starrten ihn an.

Der Nashornkäfer bewegte sich auf Neftalí zu. Als er nur noch wenige Zentimeter von ihm entfernt war, knickte er die Vorderfüße ein und senkte den monströsen Kopf, als wollte er sich vor Neftalí verbeugen. Dann quiekte er leise.

Neftalí hatte gar keine Angst. Er kletterte auf den kraftvollen Rücken und ließ sich von dem bärenstarken Zauberkäfer durch den Wald tragen.

Was verbirgt sich unter dem protzigen Aussehen

eines schwarzen, glänzenden Panzers?

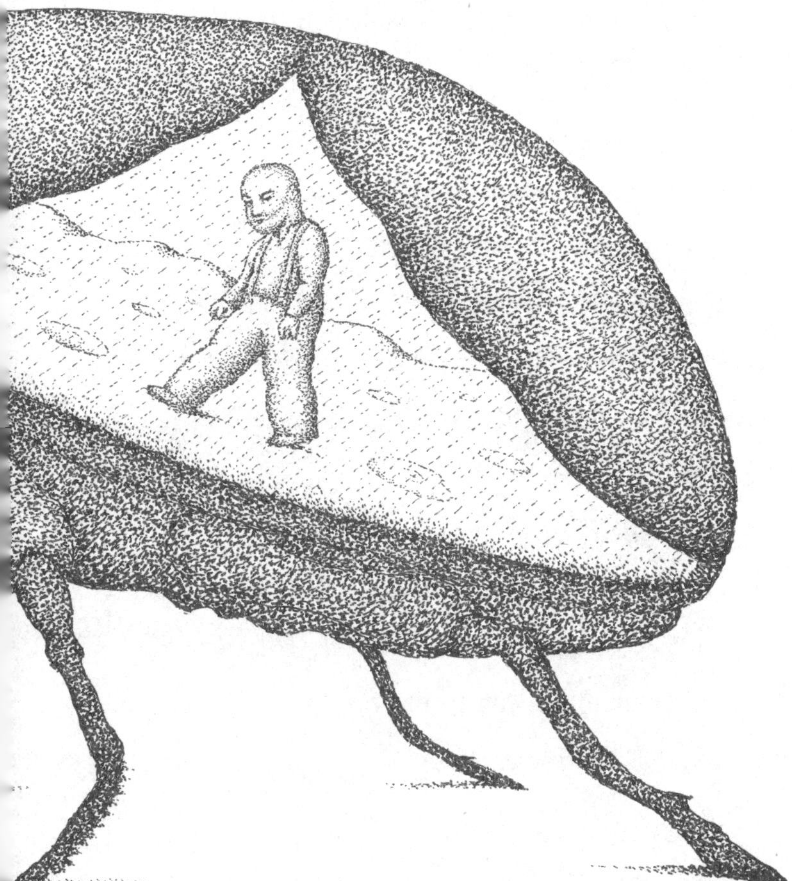

Beim Mittagessen saß Neftalí neben seinem Vater. Er hörte den Unterhaltungen der Arbeiter zu.

Sogar sein Vater machte die eine oder andere scherzhafte Bemerkung, bis er plötzlich abrupt verstummte und auf einen Baum in der Nähe zeigte. »Psst«, raunte er den anderen zu.

Als Neftalí den Kopf drehte, erblickte er einen weiteren Käfer, der in allen Farben des Regenbogens schimmerte. Fasziniert hielt er den Atem an. Der lebendige Edelstein! Ergriffen staunte die ganze Gruppe.

Plötzlich flog ein Papagei dicht über sie hinweg und das Insekt erschrak. Wie ein farbiger Blitz war es auch schon verschwunden.

Vater stieß ihn mit dem Ellbogen an. »Dein erster Tag im Wald und so ein Anblick! Glückspilz!«

Einer der Arbeiter warf Neftalí eine Tomate zu. »Na, gefällt dir das Leben auf einem Schotterzug?«

Noch bevor Neftalí darauf antworten konnte, legte sein Vater ihm einen Arm um die Schultern. »Es gefällt ihm gut«, erklärte er. »Schließlich ist er der Sohn eines Eisenbahners!«

Neftalí starrte vor sich auf den Boden und grinste von einem Ohr zum anderen. Aha, das war also der andere Vater.

»Will er auch mal Lokomotivführer werden?«, fragte ein anderer Mann.

»Ganz sicher nicht«, erklärte Vater mit Nachdruck. »Er wird Doktor oder Zahnarzt.«

Mit großen Augen schaute Neftalí zu seinem Vater hoch. Woher wusste sein Vater, was Neftalí werden würde, wenn er es selbst nicht einmal wusste?

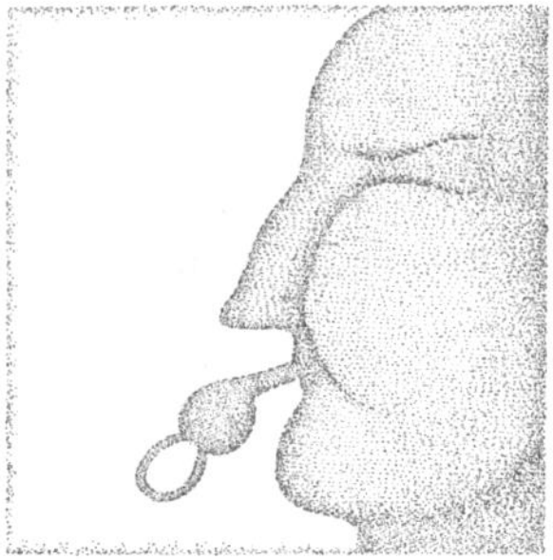

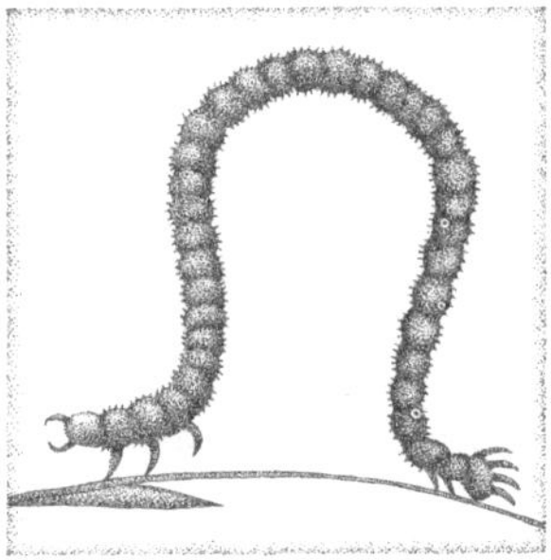

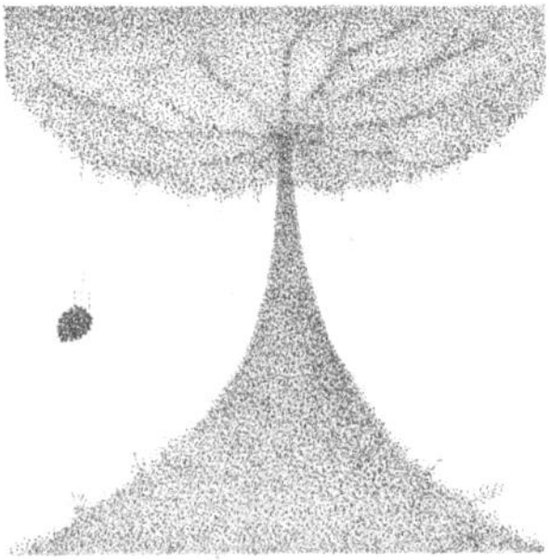

BAUM

DEN GANZEN NACHMITTAG ÜBER ERKUNDETE NEFTALÍ den großen Wald und merkte dabei gar nicht, dass er sich immer mehr vom Zug entfernte – bis er sich irgendwann auf einer kleinen Lichtung vor einer hoch aufragenden Andentanne wiederfand. Er blickte an dem mächtigen Stamm hinauf und fragte sich, was dieser Baum wohl schon alles gesehen hatte. Verbarg er in seinen knorrigen, dunklen Schlupflöchern alle Geheimnisse des Waldes? Wusste er vielleicht ebenfalls, was aus Neftalí später werden würde?

Neftalí suchte den Boden rund um den Stamm

herum ab und fand etliche Tannenzapfen verstreut herumliegen, fest geschlossen wie Fäuste. Er musste eine Weile suchen, bis er endlich einen fand, der schon geöffnet war, groß und bauchig und mit Perlen von Pflanzensaft zwischen den einzelnen Schuppen. Bewundernd drehte er ihn in der Hand. Die Schuppen ähnelten einem Karussell schillernder Flügel. Er drehte ihn um. Jetzt sah er aus wie eine Kaskade von Minischirmchen. Neftalí hielt ihn mit beiden Händen hoch und bestaunte so viel Schönheit.

Dann blickte er ehrfürchtig an dem hohen Stamm hoch, voller Dankbarkeit, dass der Baum ihm einen solchen Schatz geschenkt hatte. »Danke«, flüsterte er.

Etwas bewegte sich in den Zweigen.

Neftalís Augen suchten die Zweige ab. Doch es

war nichts zu sehen, außer den Tannennadeln, die von einer leichten Brise sachte hin und her bewegt wurden. Neftalí wartete geduldig, und da war es wieder!

Ein Adler thronte auf einem Ast hoch über Neftalís Kopf und blickte auf ihn herunter.

Neftalí wagte kaum noch zu atmen, um das majestätische Tier nicht zu erschrecken. Er sah, wie es den Kopf drehte, als würde es den Anblick des Waldes genießen, dann putzte es sich das Brustgefieder und schüttelte sich. Mit der Eleganz eines Tänzers breitete der Adler seine Flügel aus, schwang sich hinauf zum Himmel und gab den Blick auf die helle Unterseite seiner Schwingen frei.

Neftalí blickte dem Adler nach, bis er nicht mehr zu sehen war. Dann sah er sich mit einem tiefen Seufzer um. Wie herrlich wäre es, einen Freund zu haben, dem er alles erzählen könnte, was er gesehen hatte, dessen Hände er vor Aufregung drücken und mit dem er sich unterhalten könnte, ohne ins Stottern zu geraten.

Aber vielleicht konnte er das Erlebte ja mit seinem Vater teilen, sagte das leise Stimmchen der Hoffnung in seinem Kopf.

Aber damit würde er warten, bis sie wieder auf der Heimfahrt waren. Dann wäre Vaters Arbeit getan und sie würden ungestört und friedlich Seite an Seite sitzen. Und in den langen Stunden hätte Neftalí genügend Zeit, um ihm von dem Adler zu erzählen und ihm den Tannenzapfen zu zeigen.

Mit einem seligen Lächeln auf den Lippen verließ er die Lichtung und ging wieder in den Wald, als er plötzlich etwas hörte.

tschu-schu-schu-schu-kaoo

tschu-schu-schu-schu-kaoo

tschu-schu-kaoo

tschu-kaoo

tschu-schu-schu-schu-kaoo

Der Chucao! Aus welcher Richtung kamen die Rufe? Von rechts? Das wäre ein gutes Omen, denn das bedeutete Glück und Zufriedenheit. Von links dagegen Pech und Enttäuschungen. Und der Chucao täuschte sich nie!

Neftalí wirbelte herum und drehte sich einmal um die eigene Achse. Vor Aufregung wusste er plötzlich nicht mehr, wo er anfangs gestanden hatte. Vorsichtshalber ließ er den Tannenzapfen fallen, zog blitzschnell seine Jacke aus und zog sie wieder an. Dann hob er den Tannenzapfen wieder auf und spitzte die Ohren.

Tschu-schu-schu-schu-kaoo.

Wieder hörte er den Ruf. Diesmal war Neftalí sich ganz sicher, dass er von rechts kam! Das bedeutete Glück! Vielleicht würde wahr werden, was er sich vorhin gewünscht hatte: einen guten Freund zu finden und Vaters Zuneigung zu gewinnen. Ein Lächeln huschte über Neftalís Gesicht. Als er sich umdrehte, sah er den Chucao von einem Baumstamm auf dem Boden auf einen niedrigen Ast flattern und dann im Unterholz verschwinden. Wieder erklang sein Ruf. Rodolfo hatte Recht. Der Chucao war klein, aber lauter als alles, was Neftalí bisher im Wald gehört hatte – abgesehen von Vaters Pfeife natürlich, die ausgerechnet in diesem Moment laut trillerte.

Neftalí beeilte sich, zum Zug zurückzukommen, und er blieb nur einmal kurz stehen, um eine pelzige Raupe aufzuheben. Die wollte er seinem Vater zeigen, um zu erfahren, was für eine Raupe es genau war.

Sein Vater stand mit den Arbeitern zusammen neben dem Zug und unterhielt sich angeregt mit ihnen. Langsam ging Neftalí auf ihn zu, mit all seinen neuen Schätzen beladen. Bei seinem Anblick begannen die Männer zu lachen.

Neftalí sah an sich hinunter. Seine vorderen Taschen platzten fast aus den Nähten, weil sie so voll waren, und aus seinen hinteren Taschen ragten Stöckchen und Teile von Kletterpflanzen heraus. Kleine Federn und trockene Blätter, die sich in seinen Haaren verfangen hatten, fielen auf den Boden. Auch seine Hände waren voll; in der einen hielt er den Tannenzapfen, in der anderen die sich windende Raupe. Das Gelächter der Männer schwoll noch mehr an.

Das Gesicht seines Vaters verfärbte sich rot und Neftalí erschrak. Er hielt die Luft an und fragte sich, ob er etwas Falsches getan hatte. Hatte er sich blamiert? Würde Vater böse auf ihn sein?

Verlegen legte er den Tannenzapfen und die Raupe auf einen großen Stein und leerte seine vorderen Taschen: Vogeleier, wachsartige Blätter, die Spitze eines Fuchsschwanzes. Er zog auch die Stöckchen und Ranken aus den Gesäßtaschen und warf sie weg. Dann strich er sich über die verstrubbelten Haare. Staub und Walderde rieselten auf den Boden.

Die Arbeiter grölten vor Lachen.

Die Miene seines Vaters wurde noch frostiger. »Genug gelacht. Alle Mann einsteigen! Wir müssen los!« Er drehte sich um und marschierte davon.

In letzter Sekunde wollte sich Neftalí doch nicht von seinem Tannenzapfen trennen. Blitzschnell nahm er ihn wieder an sich, versteckte ihn unter seiner Jacke und kletterte in den Zug. Er setzte sich auf seinen Platz und kauerte sich so nah wie möglich ans Fenster.

Ein Arbeiter blieb neben ihm stehen, als wollte er etwas sagen. Doch noch bevor der Mann den Mund aufmachen konnte, bellte Vater: »Achte nicht auf den Jungen! Er ist ein Idiot!«

Der Mann nickte Neftalí mitfühlend zu und ging schnell weiter.

Als der Zug losfuhr, dachte Neftalí, sein Vater würde kommen und sich zu ihm setzen. Doch er kam nicht. Auf dem ganzen Weg bis Temuco starrte Neftalí aus dem Fenster, streichelte seinen Tannenzapfen und fragte sich zum ersten Mal, ob der Chucao vielleicht manchmal log.

~ ~ ~

Wieder zu Hause, stellte sich Neftalí vor das Regal, auf dem er seine gefundenen Schätze aufbewahrte, und suchte nach einem Ehrenplatz für seinen Tannenzapfen. Er ordnete alles neu an: die Federn, Eier, Blätter, Steine, Nester, Schoten, Stöckchen, und dazu kam jetzt noch sein Tannenzapfen, der über alle anderen Dinge wachte. Wenn Neftalí einen seiner Schätze berührte, stellte er sich immer vor, was die Geschöpfe erzählen könnten, die den Weg seines Fundstücks gekreuzt hatten: Bei dem Blatt mit den feinen Adern war es eine Raupe, die darübergekrochen war, bei einem der Stöckchen eine Schlange und bei der Samenschote ein Fuchs.

Müde nach dem langen Tag legte er sich in sein Bett und schloss die Augen.

In dieser Nacht reiste der Tannenzapfen mit ihm zu einem Stern, der ganz weit weg von Temuco lag.

Welche Weisheiten flüstert der Adler denen zu,
die gerade fliegen lernen?

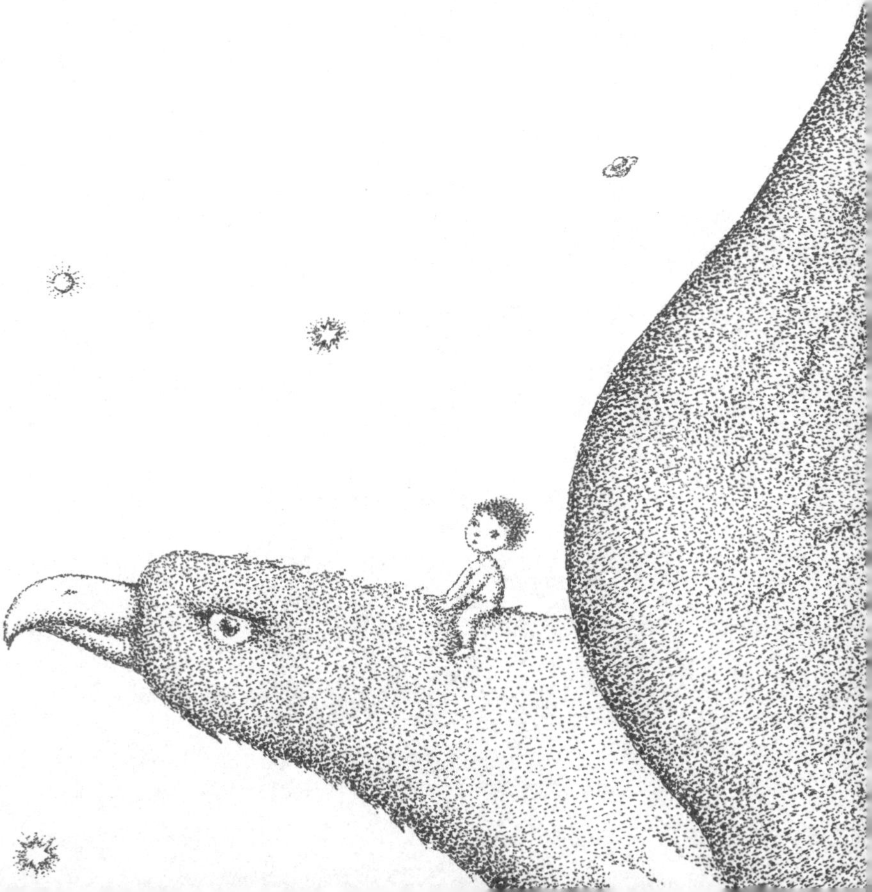

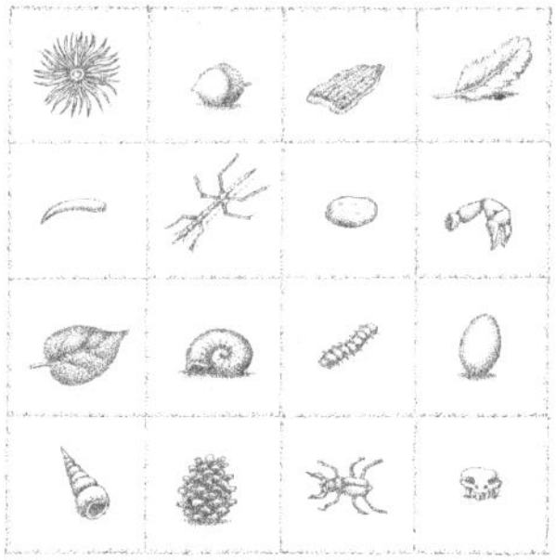

TANNEN-ZAPFEN

NEFTALÍ HÖRTE DIE SCHWEREN SCHRITTE SEINES VATERS die Stufen heraufkommen. Er ließ sein Buch sinken und wartete, in der Hoffnung, dass Vater ihn nicht rufen würde. Die Stiefel polterten durch das Haus und wie erwartet schrillte die Pfeife. Neftalí zuckte zusammen und schloss die Augen. Warum konnte er nie in Ruhe lesen!

Seit der Fahrt in den Wald vor einem Monat war Neftalí seinem Vater tunlichst aus dem Weg gegangen.

Wenn er zu Hause war, saß er meist in seinem Zimmer und verschlang die Bücher von Jules Verne. Widerwillig legte er nun *Die Reise zum Mittelpunkt der Erde* zur Seite. Doch er dachte nicht daran, sich zu beeilen. Betont langsam ging er zu Vater, der im Wohnzimmer auf und ab schritt.

»Warum hat das so lange gedauert, Neftalí? Was hattest du Wichtiges zu tun?«

»Ich habe gelesen, Vater.«

»Du bist immer noch ein dürrer Hänfling«, bellte Vater. »Und deine verrückte Leserei macht dich nicht kräftiger! Wie oft muss ich es dir noch sagen? Willst du für den Rest deines Lebens ein Schwächling bleiben?«

»N-n-nein, Vater.«

»Du musst mehr an die frische Luft gehen, statt

dich in deinem Zimmer zu vergraben. Lauf nach draußen und spiel mit den anderen Jungen. Keine faulen Ausreden! Mach bei ihren Spielen mit, damit aus dir ein richtiger Kerl wird.«

Neftalí ging hinaus. Er schob die Hände in seine Taschen und schlenderte auf eine Gruppe von Nachbarjungen zu, die *fútbol* spielten.

Lauritas Freundin Valeria kam ihm mit ihrer älteren Schwester Blanca entgegen. Blanca brachte Valeria manchmal zu ihnen nach Hause, damit sie mit Laurita spielen konnte. Neftalí fand Blanca sehr nett und hübsch, aber das war natürlich ein gut gehütetes Geheimnis. Schon wenn er sie wie jetzt nur aus der Ferne sah, bekam er ganz heiße Ohren.

Als die beiden Mädchen auf seiner Höhe waren, blickte Neftalí schnell zu Boden.

»Hallo, Neftalí!«, sagte Blanca.

Er blickte nur ganz kurz auf und senkte schnell wieder den Kopf. Sein Herz pochte. Blanca hatte ihn angelächelt! Er hätte zu gern etwas erwidert, doch seine Kehle war wie zugeschnürt. Verlegen drückte er das Kinn auf die Brust und ging schnell weiter. Nach etwa zehn Schritten spähte er verstohlen über die Schulter, um sich zu vergewissern, dass die beiden Mädchen weitergegangen waren. Erst da stieß er erleichtert die Luft aus. Was war nur mit ihm? Warum konnte er nicht mal auf ein einfaches »Hallo« antworten? Bestimmt hielt Blanca ihn jetzt für einen Schwachkopf. Und dann würde sie ihn vielleicht nie mehr ansprechen …

Um sich zu beruhigen, inspizierte Neftalí die Schäden, die der Sturm neulich angerichtet hatte. Er betrachtete die öligen Schlieren in den Pfützen, die zwischen Rostrot und Grün variierten – und ihn an Blancas Haare und ihre Augen erinnerten. Er betrachtete die ausgefransten Streifen Baumrinde, die von einem Baum hingen und wie der fließende Stoff von Blancas Rock aussahen. Er bewunderte die von dem Unwetter angeschwemmten Kieselsteine, die sich am Straßenrand angesammelt hatten, so glatt wie Sahnekleckser und so hell wie Blancas Haut.

Neftalí?

Hatte da jemand seinen Namen geflüstert? Er blieb stehen und sah sich um.

In einiger Entfernung sah er Rodolfo und Guillermo, einen neuen Schüler, die einen Ball zwischen sich hin und her kickten. Guillermo war nur ein Jahr älter als Neftalí, aber schon so groß wie der viel ältere Rodolfo. Der sportliche Neue war erst vor wenigen Wochen an ihre Schule gekommen, aber er war bei jeder Schlägerei mit von der Partie. Neftalí hoffte, dass er mit seiner Familie wie viele andere auch nur ein paar Monate in Temuco bleiben und dann weiterziehen würde.

Neftalí?

Da war es wieder! Hatte Rodolfo ihn gerufen? Wollte er seinen kleinen Bruder mitspielen lassen? Erfreut rannte Neftalí auf die beiden Jungen zu.

Doch bei seinem Anblick rief Guillermo: »Schwächling! Schwächling! Den lassen wir nicht mitspielen!« Und sofort konzentrierten er und Rodolfo sich wieder auf ihren Ball und kickten weiter – als wäre Neftalí Luft für sie.

Rodolfo hatte ihn also nicht gerufen. Wer dann?

Neftalí blickte die Straße hinauf und hinunter, doch niemand schaute in seine Richtung. Vielleicht hatte sein Vater ja Recht und er war tatsächlich ein Taugenichts. Da sah er einen schönen, langen Stock am Straßenrand liegen und hob ihn auf. Man konnte nie wissen, wofür er noch gut war. Und weil Neftalí niemanden gefunden hatte, der mit ihm spielen wollte, ging er wieder nach Hause. Im Garten hinter dem elterlichen Haus schrieb er mit seinem neuen Stock in die Erde:

Neftalí blickte am Haus hinauf zum Fenster seines Zimmers, an dem er so oft stand und auf das Loch im

Zaun schaute. Er beschloss, es sich aus der Nähe anzusehen. Wo war die Öffnung noch mal? Er schob das Gestrüpp zur Seite, bis er die Stelle gefunden hatte, die jetzt aber mit Laub und Matsch verstopft war. Mit seinem neuen Stock stocherte er daran herum, bis die Öffnung wieder zu sehen war. Dann ging er in die Hocke und schaute in den Nachbargarten.

Auf der anderen Seite standen viele Blumen, deren Blüten sich voreinander verneigten. Die Bäume umarmten einander mit ihren belaubten Ästen. Selbst die Disteln standen eng beieinander wie alte Freunde. Aber wie üblich konnte man durch die Öffnung nur einen weiteren Garten sehen, der mit Unkraut überwuchert war.

Plötzlich aber stutzte Neftalí und die Härchen auf seinen Armen richteten sich auf. Hatte da nicht gerade jemand leise Luft geholt? Er spürte, dass jemand da war, und zuckte erschrocken zurück. Nach einer Weile beugte er sich aber wieder vor und spähte durch die Öffnung. Nichts. War sein Wunsch nach einem Freund so stark, dass er jetzt schon Gespenster hörte?

Plötzlich war eine Kinderhand zu sehen, die aber sofort wieder verschwand. Neftalí wich instinktiv zurück, das Herz klopfte ihm bis zum Hals. Wieder tauchte die Hand kurz auf und schob etwas durch die Öffnung: ein kleines geschnitztes Schaf! Neftalí nahm es in die Hand und betrachtete es eingehend. Die Räder, auf denen das kleine Schaf einst gerollt war, waren nicht mehr da. Das wollene Fell des Holzschafes war verfilzt und vergilbt. Doch das störte Neftalí nicht. Auf der anderen Seite des Zauns war jemand! Seine Gedanken überschlugen sich. War dieser Jemand neu in Temuco? Oder war es ein Kind aus der Nachbarschaft?

Neftalí freute sich über das unerwartete Geschenk und wollte unbedingt etwas zurückschenken. Aber was? Was konnte er durch die Öffnung im Zaun schieben, das ebenso ungewöhnlich gewesen wäre wie das kleine Schaf?

Er rannte zum Haus, in sein Zimmer und sofort wieder zurück zum Zaun. Keuchend schob er sein Gegengeschenk durch die Öffnung in die Welt des fremden Kindes hinüber. Er hörte ein überraschtes Keuchen und sah zwei kleine Hände nach dem Tannenzapfen greifen.

Neftalí schaute wieder durch die kleine Öffnung, doch er konnte niemanden sehen. Er hörte nur Schritte, die sich entfernten, dann Holzstufen hinaufrannten. Eine massive Tür fiel zu. War das fremde Kind auch so schüchtern wie er? Wartete der Junge oder das Mädchen darauf, dass Neftalí als Erster »Hallo« sagte?

Mit dem kleinen Schaf in den Händen rannte er vor das Haus und versteckte sich hinter einem ausladenden Busch, um das Nachbarhaus zu beobachten. Niemand ging hinein oder kam heraus. Er streichelte sein Schaf und wartete. Doch vergebens.

Nach einer Weile wagte er sich in den Garten des Nachbarhauses. Vorsichtig setzte er einen Fuß vor den anderen, stieg schließlich die morschen Holzstufen hinauf. Sein Mund war ganz trocken. Würde er überhaupt einen zusammenhängenden Satz herausbringen, ohne ins Stottern zu geraten? Er merkte, dass seine Handflächen ganz verschwitzt waren, und seine Kleidung kam ihm plötzlich viel zu eng vor. Er zögerte. Was, wenn dieses Kind wie Guillermo war? Neftalí versuchte sich einzureden, dass jemand, der ihm dieses unverhoffte Geschenk gemacht hatte, unmöglich so gemein sein konnte wie Guillermo. Zaghaft streckte er eine Hand aus und wollte anklopfen. Doch die Tür gab sofort nach und öffnete sich knarrend.

Neftalí ging hinein.

Nein, hier wohnte niemand. Auf den nackten Fußbodenbrettern standen nur ein paar alte Kisten. Er entdeckte Mäusekot und Spinnweben. Als Neftalí durch das Haus ging, das allem Anschein nach seit langem leer stand, hörte er nur seine eigenen Schritte.

Er sollte nie erfahren, welches Kind ihm das kleine Schaf geschenkt hatte.

Was wächst aus der dunklen Erde
der Enttäuschung?

Eine Jahreszeit ging in die nächste über und das kleine Schaf wurde Neftalís treuer Gefährte. Im Herbst vergrub er sein Gesicht in den vergilbten Wollfäden, um sich darüber hinwegzutrösten, dass ihn die Jungen in der Schule schikanierten. Sie rannten ihm nach und bewarfen ihn mit Eicheln.

Während der langen Regentage des Winters las Neftalí seinem Schaf Geschichten vor und sie reisten zusammen in weit entfernte Länder.

Im Frühjahr kletterte er mit ihm auf einen der wilden Apfelbäume am Ufer des Río Cautín, wo sie zusammen ihren Tagträumen nachhingen – obwohl Neftalí eigentlich für Mathematik lernen sollte.

Und als der Sommer seine gelb-heiße Blütenpracht zur Schau stellte und sich Neftalís Familie auf den Urlaub am Meer vorbereitete, stand das kleine

Schaf ganz oben auf Neftalís Liste der Dinge, die er unbedingt mitnehmen wollte.

Der Vater redete wochenlang von nichts anderem als »seinem großartigen Plan für den Sommer«. Neftalí war natürlich auch aufgeregt, aber der begeisterte Übereifer seines Vaters war ihm nicht ganz geheuer. Was hatte Vater vor?

Er drückte das Schaf an seine Brust und flüsterte: »Mach dir keine Sorgen, *amigo,* ich werde dich beschützen.«

Ich bin Poesie,

die das Blau durchpflügt,

locke meine Beute an

mit Fischen, Muscheln und dem Himmel.

Unter den fest geschlossenen

Augenlidern

der Tiefe suche ich

nach dem arglosen Herzen.

Sieh her!

Sieh mich an!

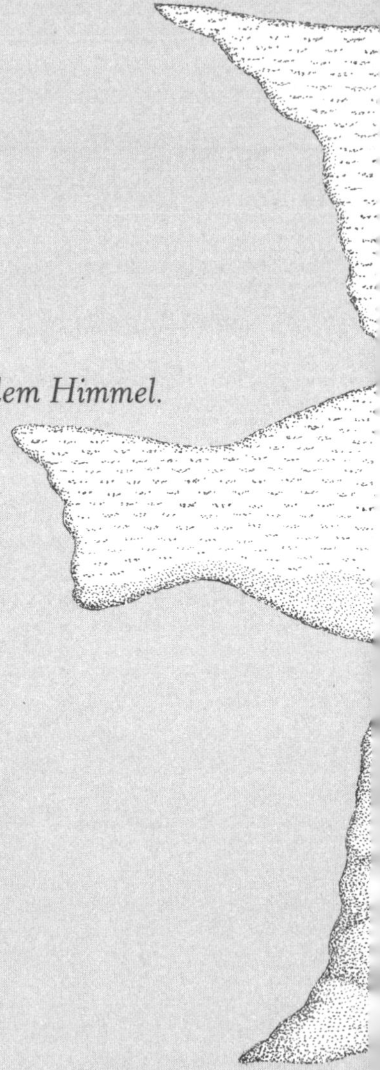

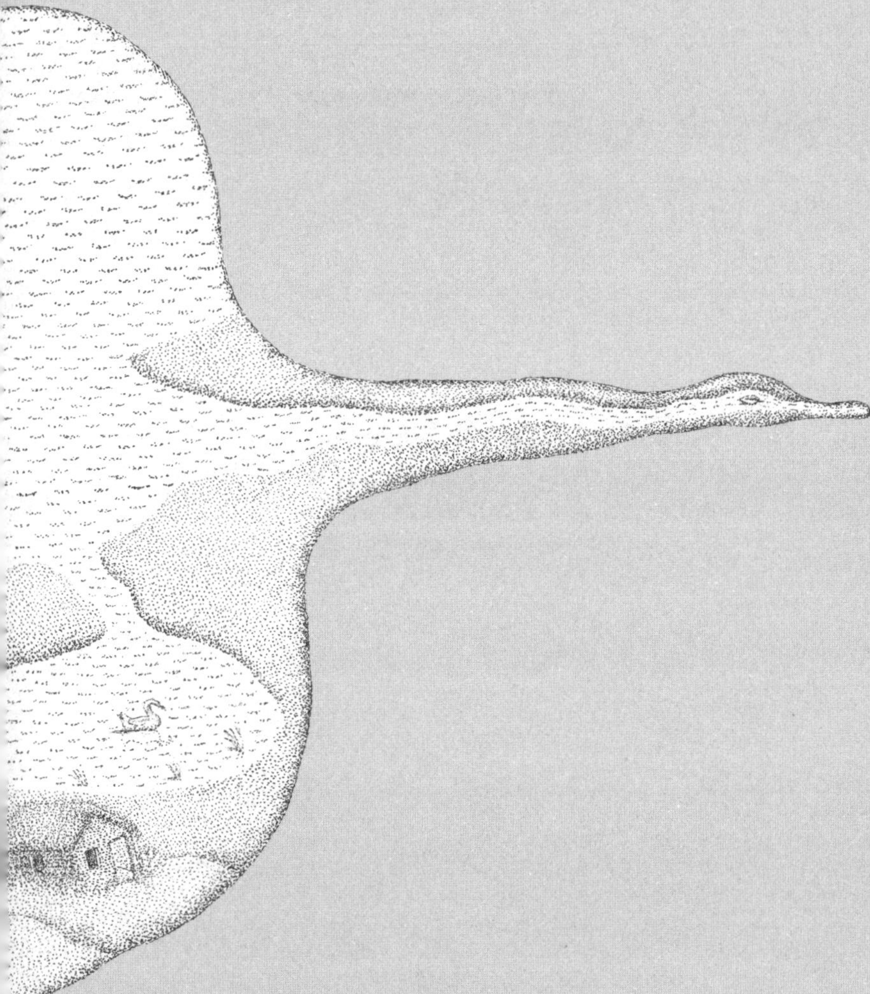

FLUSS

NEFTALÍ UND LAURITA STANDEN AM FENSTER und sahen ihren Vater etliche Kisten zum Bahnsteig tragen. Onkel Orlando und Rodolfo folgten ihm mit einer Matratze.

»Warum m-m-müssen wir so viel Geschirr und Bettzeug mitnehmen?«, wandte sich Neftalí an Mamadre, die hinter ihnen Decken auseinanderbreitete und auf den Boden legte.

»Weil das Sommerhaus, das Vaters Freund uns netterweise überlässt, fast unmöbliert ist. Deshalb müssen wir alles mitnehmen, was wir brauchen.«

»Und warum müssen wir mitten in der Nacht losfahren?«, wollte Laurita wissen.

»Wir müssen vor Tagesanbruch am Flussdampfer sein und bis dorthin ist es ein weiter Weg«, erklärte Mamadre. »Zuerst fahren wir mit dem Zug bis nach Carahue. Dort werden all unsere Dinge auf einen Ochsenkarren geladen, der uns zur Anlegestelle bringt. Dann fahren wir auf einem Flussdampfer mit einem großen Schaufelrad den Río Imperial hinunter in Richtung Ozean, bis nach Puerto Saavedra.«

»Aber meine Schätze … und meine Bücher.«

»Die wird niemand anrühren, Neftalí. All deine Sachen werden hier auf dich warten. Du solltest vielleicht ein paar deiner Bücher mitnehmen, falls es mal regnet. Aber du weißt, dass dein Vater will, dass du die meiste Zeit an der frischen Luft bist.«

Neftalí nickte. »D-d-damit ich so kräftig werde wie Rodolfo, ich weiß. Schade, dass er nicht mitkommen kann. W-w-warum gibt ihm die Eisenwarenhandlung, in der er arbeitet, nicht ein paar Wochen frei?«

Mamadre zuckte bedauernd die Schultern. »Er arbeitet noch nicht lange genug dort. Und es war für euren Vater nicht einfach, ihn dort unterzubringen.«

»Aber er hat den Ozean auch noch nie gesehen.«

»Doch, er war schon mal dort«, erwiderte Mamadre. »Du kannst dich nur nicht daran erinnern. Als ihr, du und Laurita, noch zu jung zum Reisen gewesen seid, ist Vater mit ihm im Sommer mal ans Meer gefahren.«

»W-w-wenn Rodolfo nicht mitfahren kann, hätten wir doch Platz für Onkel Orlando«, gab Neftalí zu bedenken.

»Onkel Orlando hat derzeit mit *La Mañana* zu viel zu tun. Er ist dort ganz allein. Die Zeitung organisiert eine Ausstellung, die in wenigen Wochen stattfindet und bei der Kunsthandwerk der Mapuche verkauft wird. Ich habe ihm etwas Geld gegeben, damit er für uns eine Decke kauft. Aber keine Bange, du und Laurita, ihr habt ja euch beide. Und … ich hoffe, dass unsere Ferien am Meer auch für euren Vater erholsam werden.«

»Wo schlafen wir heute Nacht, wenn unsere Matratzen schon im Zug sind?« Laurita sah, dass Rodolfo eine weitere Matratze zum Bahnsteig trug.

Mamadre zeigte auf die Decken auf dem Fußboden. »Schau, für euch habe ich ein kleines Lager gemacht. Ich komme euch wecken.«

Nachdem sie sich auf die Decken gelegt hatten

und Mamadre sie zugedeckt hatte, flüsterte Laurita: »Neftalí, ich habe Angst.«

»Angst? Wovor?«

»Vor dem Wasser. Rodolfo hat gesagt, ich darf auf keinen Fall zu weit hineingehen, sonst verschlingt mich der Ozean und spuckt mich nie wieder aus.«

»Ach was, wir können uns den Ozean doch auch nur ansehen. Wir müssen nicht mal nass werden.« Er drückte Lauritas Hand. »Schlaf jetzt.«

~ ~ ~

Die Zeit zum Aufstehen kam viel früher, als Neftalí gedacht hatte. Als Mamadre ihn weckte, bibberte er vor Kälte und wusste im ersten Moment gar nicht, was los war. Mit ihren Decken um die Schultern taumelten Neftalí und Laurita zum Zug, in dem sich inzwischen ihre Koffer und ihr halber Hausrat befanden. Kaum saßen sie im Abteil, schlief Laurita sofort wieder ein. Neftalí konnte nicht schlafen, er war viel zu aufgeregt. Und auch nervös. War der Ozean wirklich so groß, wie er ihn sich vorstellte? Wie würde er riechen? War er so warm und angenehm wie Badewasser? Oder hatte Rodolfo Recht? Konnte er einen verschlingen und in die Tiefen reißen? Neftalí dachte an seine Fahrt in den Wald zurück, als er gehofft hatte, sein Vater würde anders sein. Doch er war derselbe geblieben. Wie war es wohl am Ozean? Würden die Ferien und die salzhaltige Luft ihn verändern?

Der Zug fuhr durch Tunnel und über Brücken, während sie die araukanische Landschaft durchquerten. Im Mondschein konnte Neftalí die weiten Ebenen von Labranza sehen. Er sah auch die Umrisse der Ruinen des spanischen Forts Boroa und später die hoch gelegenen Ebenen und die zerklüfteten Klippen von Ranquilco.

Am Río Imperial angekommen, stiegen sie auf einen Schaufelraddampfer um. Neftalí und Laurita saßen eng aneinandergeschmiegt auf einer Holzbank zwischen Mamadre und Vater. Neftalí konnte nicht viel sehen außer den Nebelschwaden, die sie umgaben. Doch nach einigen Stunden dämmerte der Morgen und der Nebel verdünnte sich zu einem Dunstschleier. Und als der sich hob, öffnete sich für Neftalí die Welt.

Eine Gruppe Mapuche saß eng beieinander auf dem Vorderdeck, bunte Tücher um den Kopf gebunden, reglos und in ihre Wollponchos eingehüllt.

Onkel Orlandos Worte kamen Neftalí wieder in

den Sinn. *»Die Mapuche leben hier seit Hunderten von Jahren. Warum sollten sie ihre Heimat aufgeben?«*

War diese Familie hier gezwungen, sich immer weiter von ihrer ursprünglichen Heimat und allem, was sie kannte, zu entfernen?

Neftalí stand auf und schlenderte zum Vorderdeck. Er wusste nicht, woran es lag, doch die farbenfrohen Ponchos der Mapuche und ihr Schweigen zogen ihn magisch an. Ein Mapuche-Junge, dessen Augen, Haut und schulterlange Haare die Farbe von dunklem Honig hatten, blickte auf und nickte Neftalí zu. Neftalí nickte zurück. Er stellte sich an den Bug und blickte aufs Wasser, so reglos wie die Indianer.

Es dauerte nicht lange, bis sich der Junge neben ihn stellte. *»Mari-Mari«,* sagte er und nickte bekräftigend.

Neftalí kannte dieses Wort nicht. Hatte der Junge Hallo zu ihm gesagt? Er öffnete die Handflächen und zuckte bedauernd mit den Schultern. Der Junge lächelte und zuckte ebenfalls mit den Schultern. Dann schauten sie beide nach vorn, auf den Fluss, der vor ihnen lag.

Der Indiojunge deutete mit einer ausladenden Geste auf den Horizont, der sich mit einem hellen Grau überzog. Neftalí nickte. Dann legte er die Handflächen aneinander und löste sie zentimeterweise voneinander, bis seine Arme ganz ausgebreitet waren. Damit wollte er zum Ausdruck bringen, dass die Wasserfläche am Horizont immer weiter wurde.

Der Junge nickte und fasste sich ans Ohr. Er griff unter seinen Poncho, zog eine Flöte hervor und begann zu spielen.

Neftalí spürte den Fluss unter sich atmen, genau im Takt zu der schleppenden, traurigen Melodie des Indiojungen. Es war so schön und friedlich hier auf dem Wasser, dass sein Herz ganz weit wurde. Er hatte das Gefühl, als würde gleich etwas Einmaliges passieren. Spürte der Mapuche-Junge es auch? Neftalí schaute ihn mit einem fragenden Lächeln an.

Der Junge nahm die Flöte von den Lippen, lächelte ihn kurz an und spielte dann weiter.

Die Schaufelräder nahmen das Wasser hoch und warfen es in den Fluss zurück. Kleine Wellen klatschten seitlich an den Schiffsrumpf. Der verwitterte Flussdampfer stöhnte und ächzte. Neftalí bewegte sich fast unmerklich auf seinen neuen Freund zu.

Und kaum berührten sich ihre Schultern, hob

der Flussdampfer plötzlich ab. Er fuhr nicht mehr auf dem Fluss. Nur mit den beiden Jungen an Bord erhob er sich zum Himmel und fuhr über ein Meer aus weißen Wolken. Der Mapuche-Junge war die Galionsfigur unter dem Bugspriet, die Augen, die nach der richtigen Route suchten. Neftalí war das Schaufelrad, das sie wie ein archaischer Geist vorwärts bewegte.

Neftalí musste blinzeln, um gegen Tränen der Rührung anzukämpfen.

In der größten aller Welten,
welche Abenteuer erwarten da
das kleinste aller Schiffe?

In der gleißenden Morgensonne legte der Dampfer in Puerto Saavedra an. Neftalí beugte sich über die Reling und schaute zu, wie die Arbeiter das Boot vertäuten. Als er sich wieder umdrehte, war der Mapuche-Junge verschwunden. Ohne ihn fühlte sich Neftalí richtig allein im Gedränge der anderen Passagiere, die es nicht erwarten konnten, von Bord zu kommen. Er sah zu, dass er rasch zu Mamadre, Vater und Laurita zurückkehrte.

Nachdem sie über die Gangway an Land gegangen waren, führte Mamadre ihn zu einem Pferdefuhrwerk, das bereits wartend am Straßenrand stand. Vater lud ihre Sachen auf, während Neftalí nach dem Mapuche-Jungen Ausschau hielt, doch der war im Gewühl verschwunden.

Neftalí musterte jeden, der von Bord ging, um

seinen neuen Freund noch ein letztes Mal zu sehen. Doch erst als ihr Pferdefuhrwerk beladen und er schon eingestiegen war, entdeckte er ihn. Der Junge ging Hand in Hand mit seiner Familie davon.

Vater griff nach den Zügeln und das Pferdefuhrwerk setzte sich in Gang – in die andere Richtung. Neftalí schaute angestrengt nach hinten und hoffte auf einen Abschiedsgruß des Jungen.

Aber vielleicht wollte ihm der Indiojunge ja gar nicht Lebewohl sagen? Hatte vielleicht nur er die Nähe zwischen ihnen gespürt? Wollte der Junge keinen letzten Blick mit Neftalí wechseln?

Doch dann, als das kleine Mapuche-Grüppchen fast schon außer Sicht war, riss sich der Junge von seinen Leuten los, drehte den Kopf und schaute suchend zur Anlegestelle zurück.

Hektisch winkte Neftalí ihm zu.

Und der Junge winkte zurück.

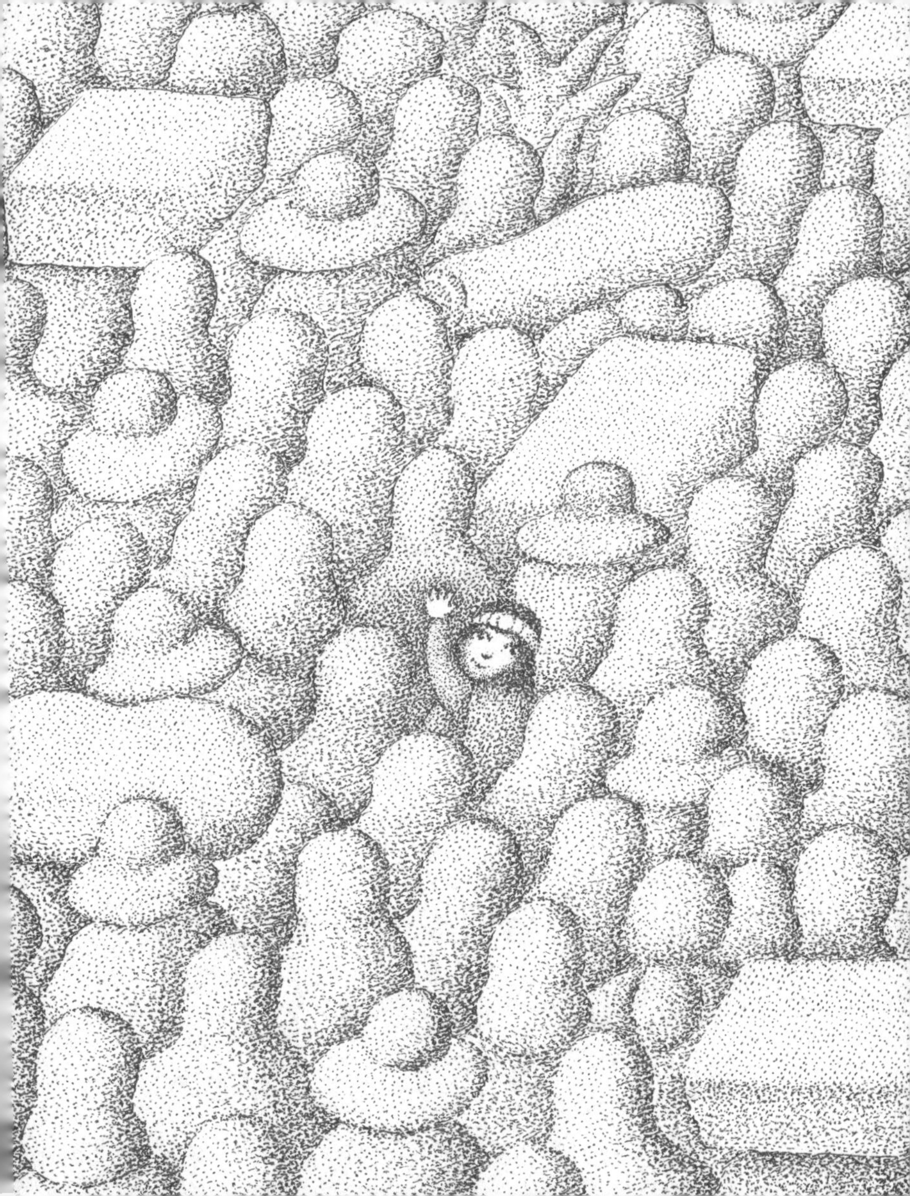

OZEAN

Das Pferd zog den Wagen langsam einen Schotterweg hinauf und blieb vor einer Reihe von Häusern mit roten Dächern stehen, die am Fluss lagen. Vater deutete auf ein bestimmtes Haus und half Mamadre von dem Wagen herunter.

»Wo ist der Ozean?«, fragte Laurita.

»Ganz in der Nähe. Unweit von hier mündet der Fluss ins Meer.« Vater zeigte auf den Hügel hinter den Häusern. »Direkt dahinter liegt der Pazifische Ozean. Könnt ihr ihn hören?«

Neftalí hörte ein leises Rauschen, das anstieg

und abschwoll wie das Schnarchen eines gewaltigen Riesen.

»Können wir g-g-gleich hingehen und ihn anschauen?«, fragte er.

»Nur vom Hügel aus«, sagte Vater und half Laurita herunter. »Wir müssen erst noch unsere Sachen ausladen.«

Neftalí rannte am Haus vorbei und den Hügel hinauf, dicht gefolgt von Laurita. Oben angekommen, blieben sie stehen.

Neftalí bekam vor Staunen den Mund nicht mehr zu, als er die unglaublichen Farben und die sanfte Krümmung des Horizonts in der Ferne sah. Nie im Leben hätte er sich vorstellen können, wie hart die Wellen gegen die Felsen donnerten, wie hoch die weiße Gischt aufstieg, wie dunkel der Sand war oder dass ein Flüstern von Fisch und Salz in der Luft lag. Fasziniert stand er da, fühlte sich klein und unbedeutend und gleichzeitig auch als Teil von etwas sehr viel Größerem. Laurita lehnte sich an ihn und der Wind peitschte ihnen die Haare ins Gesicht.

Doch als sie die Zugführer-Pfeife hörten, rannten sie schnell wieder zurück.

Vater stand neben dem Fuhrwerk und klopfte sich an die Brust. »Die salzhaltige Meeresluft ist richtig belebend, nicht wahr?«

Neftalí und Laurita nickten.

Mamadre drückte jedem von ihnen einen Karton in die Hände und sie rannten damit um die Wette zum Haus.

Auf dem Rückweg zum Fuhrwerk kam ihnen Vater entgegen, der ganz allein eine der Matratzen ins

Haus schleppte und die Kraft von drei Männern zu haben schien.

Neftalí blieb wie vom Donner gerührt stehen und griff nach Lauritas Arm. »Hast du gehört? Er hat vor sich hin gepfiffen.«

»Ja? Ich weiß nicht …«, sagte Laurita.

Neftalí aber war sich *ganz* sicher. Und er musste schmunzeln.

Kurz vor Mittag hatten sie ihr Feriendomizil eingerichtet. Noch bevor Neftalí oder Laurita Vater bitten konnten, mit ihnen zum Ozean zu gehen, kam er zu *ihnen*. »Zieht eure Badesachen an. Wir gehen an den Strand. Dort haben wir viel vor.«

Neftalí fasste Laurita an den Händen und hüpfte mit ihr auf und ab. Oh ja, er hatte viel vor am Strand: Er wollte Sandburgen bauen, Muscheln sammeln und alles andere, was das Meer angeschwemmt hatte.

Mamadre führte sie lächelnd in ihr neues Zimmer. Neftalí war vor Freude ganz aus dem Häuschen, als er sich umzog. Schon allein dieser Ort hatte aus Vater offenbar einen ganz anderen Menschen gemacht. Vielleicht konnte er hier mit ihm über seine Entdeckungen reden. Und vielleicht würde Vater ihm hier zuhören.

Auf dem Weg zum Strand lief Neftalí vor den anderen her. Einmal drehte er sich um, um sich zu vergewissern, dass seine Familie noch hinter ihm war. Mamadre hatte ihren strengen Haarknoten geöffnet und ihre langen Haare flatterten wie bei einem jungen Mädchen im Wind. Vater hatte die Hosenbeine hochgekrempelt und ging barfuß über den Sand. Über dem einen Arm trug er einen Stapel Badetücher, mit der anderen Hand einen Korb. Laurita hüpfte um ihn herum, ganz ohne Angst vor einem Tadel. Neftalí konnte es kaum fassen. War das dieselbe Familie, mit der er in Temuco zusammenlebte?

Er rannte zu ihnen zurück und nahm Mamadres Hand. Vater begann wieder, vor sich hin zu pfeifen, und Neftalí stimmte mit ein.

Mit jedem Schritt wurde das Rauschen des Ozeans lauter. Bald konnte Neftalí weder Vaters noch sein eigenes Pfeifen hören. Was von der anderen Seite des Hügels aus wie ein leises Flüstern gewesen war, hatte sich nun in ein fast ohrenbetäubendes, sich ständig wiederholendes Grollen verwandelt.

PLATSCH

Schwaahhhhh

Zissssssch

PLATSCH

Schwaahhhhh

Zissssssch

Schwaahhhhh

Zissssssch

Schwaahhhhh

Zissssssch

PLATSCH

Schwaahhhhh

Zissssssch

Während Mamadre das Picknick auspackte, stand Neftalí da und sah aufs Meer, als wäre er der einzige Zuschauer einer großen Aufführung. Er liebte es, wie die Wellen sich vor ihm verbeugten. Er liebte es, wie die Gischt herantanzte und sich wieder entfernte, weil sie sich offenbar nicht entscheiden konnte, ob sie bleiben oder gehen sollte.

Da zog Laurita ihn am Arm. »Schau mal! Ein Stein, der aussieht wie eine dreifarbige Katze.« Sie bückte sich und hob ihn hoch.

Neftalí rannte direkt bis ans Wasser. »Hier, Laurita! Eine Muschel! Und ein winziges Vogelskelett. Es sieht genau wie das in unserem Schulbuch aus.«

Sie rannte zu ihm. »Lass sehen!«

Aufgeregt zeigten sie einander ihre Entdeckungen. Dann zog Laurita ihren großen Bruder zu einem

Tümpel, der sich bei Ebbe zwischen den Felsen bildete. »Was ist das, Neftalí?« Sie hielt ein Gewirr von Fäden hoch, in dem etwas Glänzendes aufblitzte.

Er erschrak. »F-f-finger weg, Laurita. Das ist g-g-gefährlich. Es ist von einer Angelrute. Rodolfo hat es mir mal am Fluss gezeigt. Dadrin ist ein spitzer Haken, und wenn du den anfasst, wird es b-b-bluten.«

Ihre Augen weiteten sich vor Schreck. Vorsichtig legte sie das Knäuel auf einen großen Stein und rannte weiter, um Muscheln zu sammeln.

Neftalí schaute über den weitläufigen, feuchten Sandstrand, der fast unberührt aussah. Er nahm einen Stock und ritzte seinen Namen in den Sand. Das machte ihm solchen Spaß, dass er gleich noch *Laurita* schrieb, dann *Mamadre, Vater, Rodolfo, Onkel Orlan*…

»Neftalí! Neftalí! Neftalí! *Neftalí!*«

Als er aufblickte, sah er seinen Vater dastehen, die Hände in die Hüften gestützt und Laurita brav an seiner Seite. Wie lange hatte Vater ihn schon gerufen? Neftalí ließ den Stock fallen, als hätte er sich verbrannt.

»Bist du jetzt schon so zerstreut, dass du mich nicht mal mehr hörst, wenn ich fast vor dir stehe? Du musst besser aufpassen.«

Neftalí starrte auf den Sand. »Ja, Vater. Ich habe nur sch-sch-schreiben geübt.«

Den Wörtern im Sand schenkte sein Vater keine Beachtung. »Komm mit! Es geht los!« Entschlossen marschierte er auf das Wasser zu.

Als er mit Laurita dem Vater folgte, raunte er ihr leise zu: »W-was geht los?«

Sie zuckte nur die Schultern.

Ein paar Meter vor dem Wasser blieb Vater stehen, damit seine Füße nicht nass wurden. Er räusperte sich, als würde er gleich etwas Wichtiges sagen. »Ihr zwei werdet diesen Sommer etwas Nützliches lernen: Schwimmen. Das wird eure Beinmuskulatur kräftigen. Und wenn ihr im Wasser seid, könnt ihr an nichts anderes mehr denken. Ihr werdet lernen, euch zu konzentrieren. Genau das, was du brauchst, Neftalí. Und du auch, Laurita, denn du wirst deinem Bruder immer ähnlicher. Ihr werdet merken, dass das Schwimmen euren Appetit anregt und euch stark macht. Also, ab ins Wasser mit euch beiden!«

Neftalí sah zuerst auf den unermesslich großen Ozean, dann auf die kleine, zarte Laurita, die mit ihren Muscheln in der Hand dastand und nicht ahnte, was ihr blühte. Das konnte Vater doch nicht ernst meinen, oder? Neftalí sollte mit seiner kleinen Schwester ins Wasser gehen – ohne Vater? Schon die kleinsten Wellen machten das Wasser kabbelig und ein Stück weiter draußen waren die Wellen höher als die beiden Kinder.

Neftalí sah seinen Vater an. »N-n-nein.«

Sein Vater rieb sich lächelnd die Hände.

Neftalí wurde ganz mulmig. Das also war Vaters großartiger Plan für den Sommer, von dem er so oft gesprochen hatte!

»Ihr werdet ab heute jeden Tag schwimmen gehen«, erklärte Vater. »Das wird euch stark machen. Und wenn ihr nicht weit genug hinausgeht, müsst ihr umso länger drinbleiben.« Er musterte seine Kinder. »Also, auf! Hinein mit euch! Ihr schwimmt, bis ich pfeife.« Seine Stimme wurde noch strenger, als er wiederholte: »Los, geht!«

Widerwillig nahm Neftalí seine kleine Schwester an der Hand. Rodolfo hatte Neftalí das Schwimmen beigebracht, zu Hause in dem Fluss bei Temuco, aber der Pazifik war sehr viel wilder. Und Laurita konnte noch gar nicht schwimmen. Während sie nun langsam auf die Wellen zugingen, zog Neftalí sie näher zu sich. Alle paar Schritte drehte er den Kopf und schaute flehentlich zu Mamadre. Ein einziges Mal trafen sich ihre Blicke, doch sie senkte rasch den Kopf und tat so, als sei sie mit dem Picknick beschäftigt. Hatte sie von Anfang an gewusst, was Vater vorhatte?

Je näher sie dem wilden Meer kamen, desto kleinere Schritte machten Neftalí und Laurita, ängstlich und zitternd.

Mit jedem Schritt umklammerte Laurita seine Hand noch fester. Als die erste kleine Welle an ihre Knöchel schwappte, schrien sie beide auf, weil das Wasser so kalt war. Neftalí drehte sich erneut um und suchte den Blick des Vaters, in der Hoffnung, er möge sie ans sichere Ufer zurückrufen.

Doch sein Vater lächelte nur und klatschte Beifall.

Neftalí begriff, dass es keinen Ausweg gab. Er zog Laurita noch ein paar Schritte weiter. Das Wasser war zwar nur knietief, doch das kraftvolle Pulsieren des Ozeans gab ihm das Gefühl, als würde er gleich von einem Monster verschlungen und in die Tiefe gerissen werden. Hatte Rodolfo davon gewusst? War auch er dieser Tortur ausgesetzt worden? Würden seine kleine Schwester und er gleich von den

Wellen gepackt und in den sicheren Tod gerissen werden?

Die Wellen klatschten nun an ihre Schenkel und Laurita strauchelte.

Neftalí packte sie am Arm. »Halte dich an mir f-f-fest!«

Plötzlich kam eine besonders hohe Welle und schwappte an Neftalís Brust. Laurita verschwand unter der Wasseroberfläche. Mit einem Ruck riss er sie wieder hoch. Sie hustete, spuckte Wasser und brach in Tränen aus.

Wieder drehte Neftalí den Kopf und blickte Hilfe suchend zu Vater. Jetzt würde er sie sicher gleich zurückrufen. Doch Vater streckte nur den Arm aus und deutete wieder auf die Wellen.

Neftalís Blick schoss zu Mamadre, die am Strand

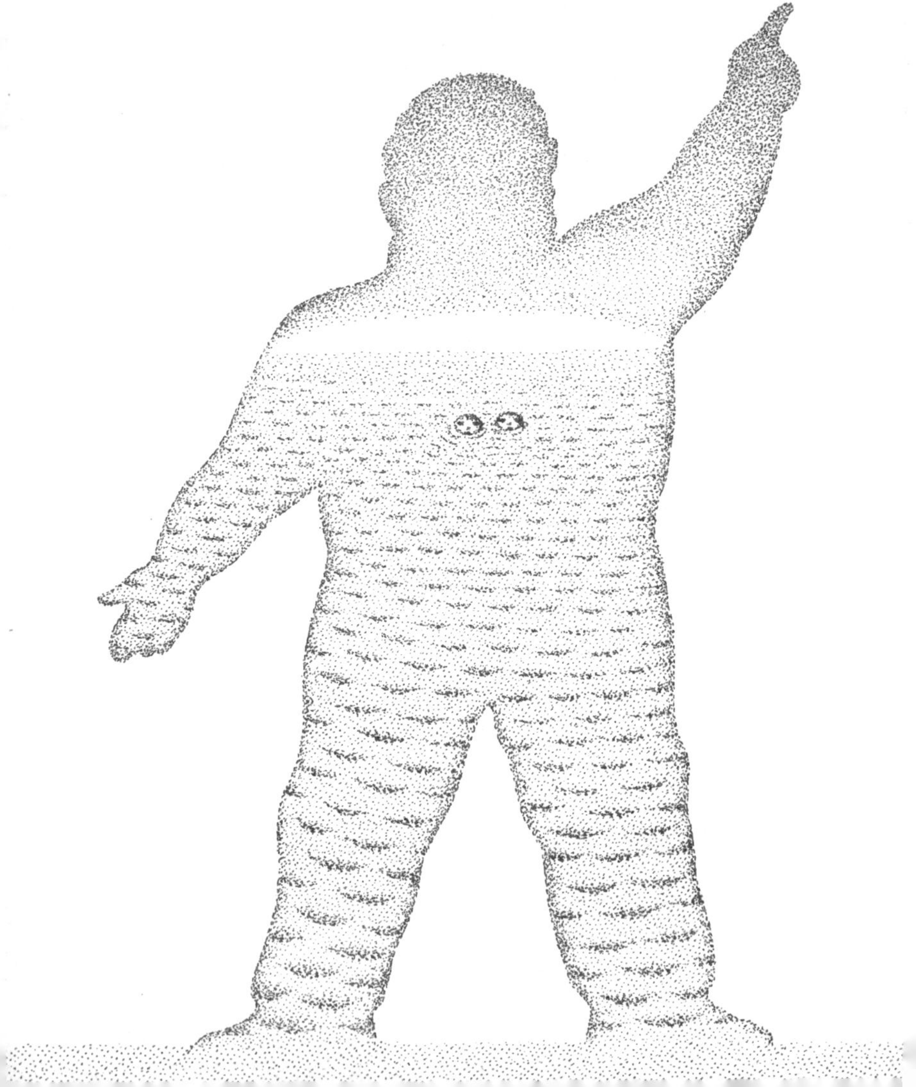

stand und sie nicht aus den Augen ließ. Sie wrang ein Badetuch aus und wirkte sehr besorgt. Aber warum winkte sie Laurita und ihn nicht zurück? Warum rief sie nicht: »*¡Basta, no más!*«? Jetzt reicht's.

Da kam auch schon die nächste Welle angerollt – so gewaltig, dass sie auch Neftalí unter Wasser zog. Salzwasser drang ihm in die Nase. Er versuchte, unter Wasser die Augen zu öffnen, doch außer weißen Luftblasen konnte er nichts sehen. Er spürte Laurita zappeln und nach seiner Hand suchen. Zum Glück stießen seine Füße wieder auf Sand und er sprang hustend nach oben. Er bekam Laurita zu fassen, zog sie zu sich und hielt sie mit beiden Armen fest.

Und ohne auf Vaters erlösenden Pfiff zu warten, drehte Neftalí um und taumelte zum Strand zurück, zusammen mit der schreienden Laurita, die sich wie ein verängstigtes Kätzchen an seinen Hals klammerte.

Mamadre lief ihnen entgegen und nahm ihm Laurita ab.

Vater hob beide Hände und schüttelte den Kopf. »Morgen bleibt ihr länger drin, verstanden?«

Neftalí sagte kein Wort. Er wickelte sich in eine Decke und stapfte zum Sommerhaus.

»Neftalí!«, rief Mamadre ihm nach.

Er reagierte nicht.

Er war noch in Hörweite, als sein Vater sagte: »Lass ihn gehen. Hauptsache, er ist vor Sonnenuntergang wieder da. Ein Spaziergang tut ihm gut. Es muss doch etwas geben, was diesen Jungen kräftigt.«

Als Neftalí weit genug weg war, schaute er noch einmal zurück. Vater stand da, die Hände vor der

Brust verschränkt. Mamadre versuchte, die weinende Laurita zu beruhigen.

Neftalí wandte sich ab und ging weiter, entfernte sich immer mehr von ihnen. Mit jedem Schritt schrien seine Gedanken lauter. Warum durfte er nicht so sein, wie er war? Wie konnte er kräftiger werden, wenn er sich von nun an jeden Tag dem Schrecken des Ozeans aussetzen musste? Wie konnte sein Vater nur so grausam sein? Und wieso ließ Mamadre ihn gewähren? Sie war doch nicht seine Dienstmagd, oder? War die ganze Familie auf Gedeih und Verderb seinen Launen ausgesetzt?

Wütend stapfte Neftalí die Anhöhe hinauf. In seinem Inneren ballte sich etwas Dumpfes, Wildes zusammen. Wo kam dieses Gefühl her?

Hatte der Ozean es in ihm geweckt?

Wenn sich eine verhedderte Angelschnur entwirrt, was bleibt dann am Widerhaken hängen?

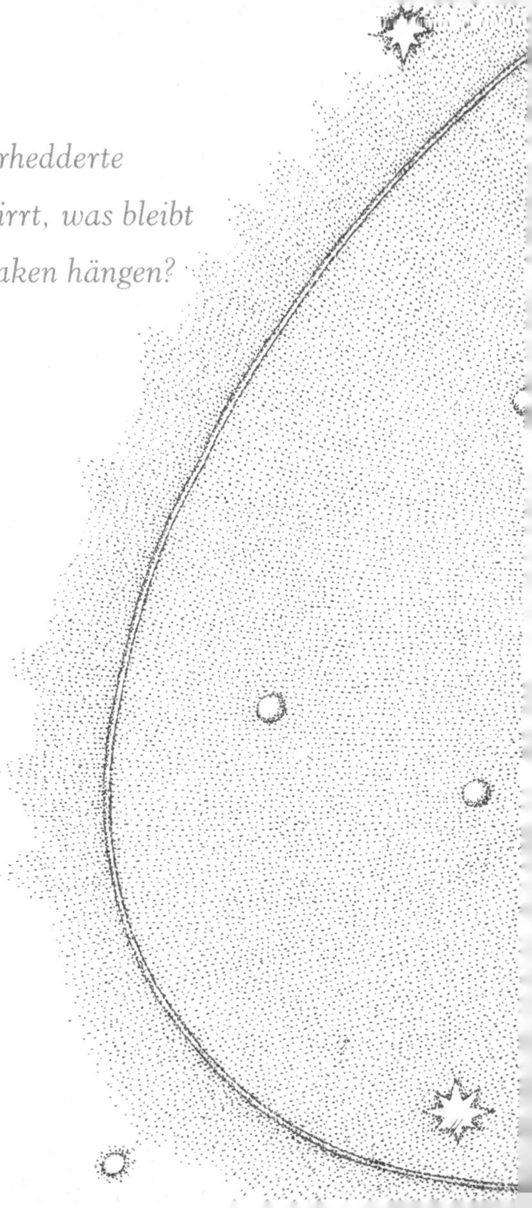

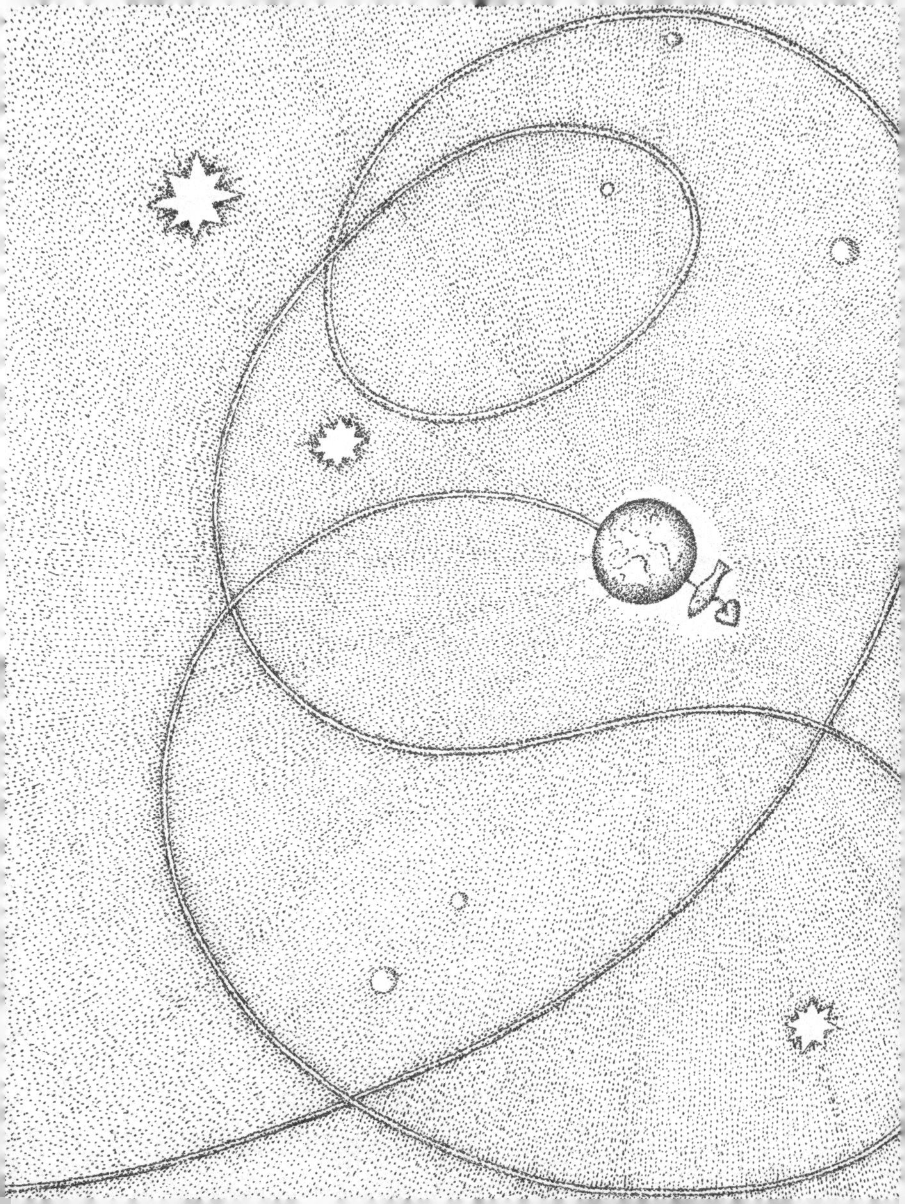

LAGUNE

Neftalí schreckte an den folgenden Tagen jeden Morgen aus demselben Albtraum auf. Laurita war am Ertrinken, doch er konnte sie nicht retten, weil er ebenfalls zu ertrinken drohte. Die schrecklichen Visionen quälten ihn auch noch beim Frühstück und als er seinen Badeanzug anzog und zum Strand ging. Neftalí fragte sich, ob die Strandgutsammler, an denen sie jeden Morgen vorbeikamen, sich nicht über ihre seltsame Parade wunderten: ein fröhlich vor sich hin pfeifender Mann, gefolgt von einem missmutigen Jungen, einem weinenden Mädchen und zum Schluss eine schweigsame Frau, die so tat, als sei alles in bester Ordnung.

Neftalís Groll begleitete ihn nunmehr auf Schritt und Tritt und er redete mit Mamadre oder Vater nur noch, wenn sie ihm eine Frage stellten. Der Trotz wurde sein ständiger Begleiter. Sobald Neftalí das grässliche Schwimmen im Ozean hinter sich hatte, rannte er zum Haus, zog sich um und streifte dann allein durch die Gegend. Er wollte das tun, worauf er Lust hatte.

Auf einer Klippe, von der aus man das Meer sehen konnte, konnte er wunderbar seinen Tagträumen nachhängen. Er war der Flamingo am Ufer des Salzwassersumpfs, der sich wie ein riesiger Drachen in die Lüfte erhob. Er war die einsame Seemöwe. Er war der Schwan, dessen merkwürdiger Leib auf einer Spiegelfläche dahinzugleiten schien.

Wenn Neftalí mal nicht vor sich hin träumte, las er mit so großem Eifer, dass er die mitgebrachten Bücher recht schnell ausgelesen hatte. Und da der Sommer noch lange nicht vorüber war, musste er zusehen, wie er an weitere Bücher kam.

Eines Nachmittags marschierte er in den nächstgelegenen Ort und fragte im Gemischtwarenladen, ob es hier eine Bücherei gab. Der Kaufmann wies ihm den Weg zu einer Gasse, die jedoch vor einem Privathaus endete. Hatte er ihn falsch verstanden? Neftalí fragte eine Frau, die zufällig des Weges kam. Lächelnd deutete sie auf dasselbe Haus.

Als Neftalí noch zögernd auf dem Gartenweg stand und sich fragte, wie eine Bücherei in einem

Privathaus untergebracht sein könnte, ging plötzlich die Haustür auf und eine Glocke, die mit dem Türknopf verbunden war, bimmelte.

Ein kleiner Mann, so alt, dass er Neftalís Großvater hätte sein können, sprang die Stufen herab. »Tritt ein! Tritt rein!«, rief er. Er hatte einen Vollbart wie Neftalís Vater, doch mit mehr Grau darin, und Augen, die zu tanzen schienen. Er führte Neftalí in einen kleinen Raum, dessen Boden mit Sägespänen ausgelegt war. »Ich bin Augusto, der Bibliothekar.«

Neftalí schüttelte die ausgestreckte Hand. »Neftalí. Ich b-b-bin nur zu B-b-besuch hier, den Sommer über.«

Augusto nahm Neftalís Hand. »Macht nichts. Lesen kann man immer, nicht wahr?«

Neftalí nickte.

Augusto zog ihn ein Stück näher zu den übervollen Regalen. »Was kann ich dir empfehlen? Magst du Detektivgeschichten? Magst du die Symphonie der Wörter?«

Neftalí nickte bei beiden Fragen.

»Hast du schon mal etwas von Jules Verne gelesen?«

Wieder nickte Neftalí. »A-a-aber die kann man ruhig auch zweimal lesen.«

»Und hast du schon mal von Buffalo Bill gehört?«, fragte Augusto weiter.

Neftalís Augen blitzten vor Freude auf, doch nur ganz kurz. »Ja, er ist ein großer Bisonjäger. Aber ich mag nicht, wie er die Indianer behandelt.«

»Ah … du bist ein gewissenhafter Junge mit

einer Vorliebe für Abenteuerromane …« Augusto trat an die Bücherwand und zog zwei Bände heraus. Einer sah aus, als wäre er für jüngere Leser als Neftalí eignet, der andere für ältere Leser als ihn.

»Man ist nie zu alt für das hier«, sagte Augusto und reichte ihm ein bebildertes Buch mit griechischen Mythen. Dann gab er ihm noch »Eine Studie in Scharlachrot« von Arthur Conan Doyle. »Und für das hier nie zu jung.«

Da öffnete sich die Haustür und das Bimmeln der Glocke kündigte einen weiteren Besucher an.

»Herein, immer hereinspaziert!«, rief Augusto und ließ Neftalí mit den beiden Büchern in den Händen stehen.

Neftalí strich über die Buchdeckel. Er blickte sich in dem überfüllten und doch gemütlichen

Zimmerchen um. Was machte es schon, wenn er das schöne Wetter verpasste? Es war ihm egal, dass Lesen seine Beine nicht kräftiger machte. Es war ihm egal, dass das Lesen, seine größte Leidenschaft, seinen Appetit nicht anregte.

Er machte es sich auf einem Stuhl gemütlich und las den ganzen Nachmittag. Erst als die Sonne so tief stand, dass sie durch das Fenster schien und ihn blendete, merkte er, dass es allmählich an der Zeit war, ins Sommerhaus zurückzugehen.

Er stellte die Bücher ins Regal zurück und konnte es sich nicht verkneifen zu überfliegen, was auf den anderen Buchrücken stand:

Hugo

Cervantes

Conan Doyle

Baudelaire

Verne

Tolstoi

Ibsen

Apollinaire

Augusto erhob sich von dem Schreibtisch, an dem er gelesen hatte, und kam herüber. »Was ist los, junger Mann? Brauchst du Hilfe? Warum wirkst du so niedergeschlagen.«

Neftalí seufzte. »Wie soll ich all diese Bücher in *einem* Sommer lesen?«

Augusto lachte. »Für das, was einem wirklich wichtig ist, findet man immer Zeit. Wenn nicht in diesem Sommer, dann eben im nächsten.« Er nahm vier Bücher aus dem Regal und reichte sie Neftalí. »Ich habe nicht jeden Nachmittag geöffnet. Aber ich hoffe, die reichen dir bis zum nächsten Mal.«

Neftalí betrachtete die Bücher und lächelte. »Danke, aber ich kann sie nicht mitnehmen. Mein Vater ... er w-w-will nicht, dass ich lese. Ich soll lieber an der frischen Luft sein. Und abends ist nicht genug Licht im Haus.«

»Ah, verstehe«, sagte Augusto. »So einen Vater hatte ich auch.« Er trat ans Fenster und blickte hinaus, bevor er sich wieder zu Neftalí drehte und den Zeigefinger hob. »Was du brauchst, ist ein *escondite,* ein Versteck.«

Neftalís Miene hellte sich auf.

Augusto winkte ihn zu sich ans Fenster. Er zeigte auf eine von Bäumen gesäumte Straße. »Wenn du etwa anderthalb Kilometer in diese Richtung gehst und dann den Feldweg nach links nimmst, stößt du auf eine verlassene Hütte, die dir gefallen dürfte.« Erneut hielt er Neftalí die vier Bücher hin.

»Und w-w-wenn jemand kommt?«, fragte Neftalí.

Obwohl außer ihnen niemand da war, hielt Augusto sich eine Hand vor den Mund, als würde er ihm ein Geheimnis verraten. »Sie gehört mir. Aber ich bewohne sie nicht mehr. Inzwischen lebe ich hier …« Mit einer schwungvollen Armbewegung deutete er auf die Regale. »… mit ganz, ganz vielen Nachbarn, die alle zwischen diesen Buchdeckeln wohnen.«

Neftalí kaute auf seiner Unterlippe, während er über dieses Angebot nachdachte. Dann nickte er und nahm die Bücher entgegen. »Vielen Dank.« Als er zur Haustür hinausging, bimmelte das Glöckchen über seinem Kopf. Beschwingten Schrittes ging er über den Gartenweg und drehte sich an dem Türchen noch einmal um, um Augusto zuzuwinken, der am Fenster stand.

Die Bäume links und rechts der Straße hörten irgendwann auf und machten einem Meer von hohem Gras Platz, das schließlich in steinige Erde und niedrige Dünen überging. Dann endlich gelangte Neftalí zu dem besagten Feldweg, der sanft abfiel und an einem weißen Holzhäuschen endete. Es war mit Geißblatt überwuchert und sah schon ziemlich baufällig aus. Übermütig rannte er darauf zu, sprang mit einem Satz auf die Veranda und schnappte erst mal nach Luft. *¡Un escondite!* Sein Versteck! Die Tür und die Fenster waren zwar mit Brettern vernagelt, doch die Veranda war breit und überdacht. Neben der Tür stand eine längliche Holztruhe an der Wand. Er hob den Deckel und entdeckte darin ein paar alte Eimer und Gartenwerkzeuge. Hier würden die Bücher im Trockenen und gut versteckt sein. Augusto hatte Recht gehabt. Dieser Ort war wie für ihn geschaffen!

Neftalí unternahm einen kleinen Rundgang. Hinter dem Häuschen erwartete ihn ein wahres Farbenmeer: ein Erdhügel voller Mohnblumen, in Blutrot, in Weiß, in Purpurrot, in Schwarz und in Orange, die mitten in dem überwucherten Garten erblühten. In ihrer Mitte lag ein altes, halb verfallenes Ruderboot. Neftalí rannte zu dem gestrandeten Boot, warf die Arme in die Luft, machte einen Freudensprung und beschloss spontan, dass es sein Boot war. Wie konnte ihn ein Fleckchen Erde nur so glücklich machen?

Im hinteren Teil des Gartens gab es einen schmalen Pfad, der zu einer Lagune führte. Neftalí rannte zu dem Gewässer, auf dem zwei Schwarzhalsschwäne schwammen. Als er sich näherte, wendeten sie und glitten auf ihn zu, mit lang gestreckten Hälsen und erwartungsvoll geöffneten Schnäbeln.

»Soso, Herr und Frau Schwan … ihr seid offenbar an Menschen gewöhnt. Und jetzt erwartet ihr, dass ich euch etwas zu futtern mitgebracht habe, richtig?«

Die Schwäne antworteten mit hohlen Pfeiftönen.

»Morgen«, versprach er ihnen. »Morgen komme ich wieder. Darauf könnt ihr euch verlassen.«

Die Sonne stand schon bedenklich tief, als Neftalí endlich zum Sommerhaus zurückeilte. Überglücklich rannte er durch das warme Dämmerlicht und seine Schritte hämmerten im Takt zu seinen Gedanken:

Meine Bücher. Meine Hütte. Meine Schwäne.
Meine Bücher. Meine Hütte. Meine Schwäne.

Er konnte es kaum erwarten, morgen dorthin zurückzukehren. Er musste nur dafür sorgen, dass niemand je von der Existenz dieses magischen Ortes erfuhr.

Woraus sind die Mauern
eines Heiligtums erbaut?
Und die eines Gefängnisses?

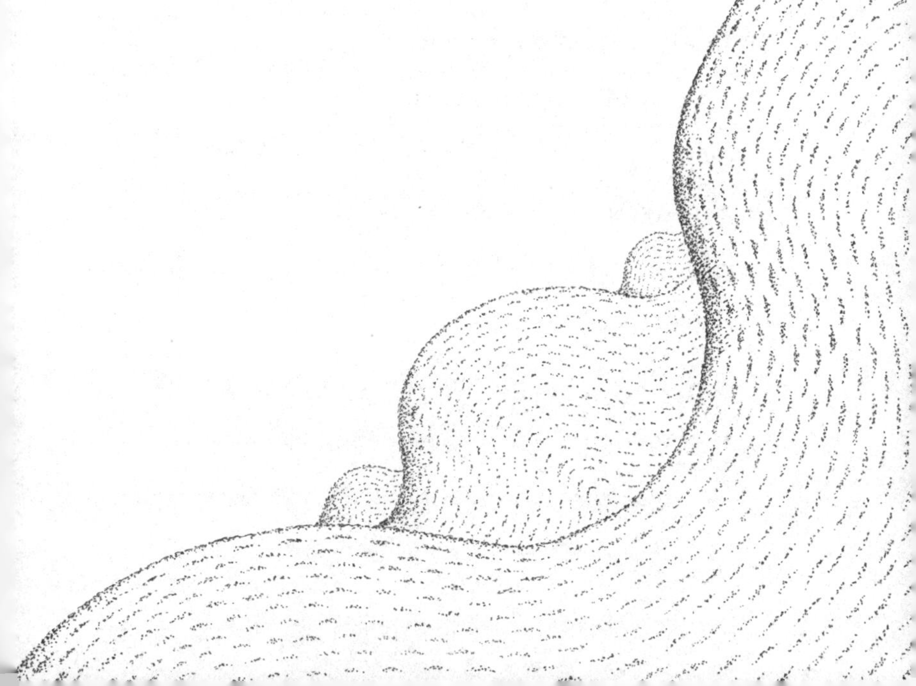

Am nächsten Tag eilte Neftalí wie immer gleich nach dem Schwimmen zum Sommerhaus, zog sich um und hoffte, schon über alle Berge zu sein, bis die anderen zurückkamen. In der Küche steckte er rasch ein Stück Brot in die Tasche und rannte zur Tür hinaus, als plötzlich seine kleine Schwester vor ihm stand. In einiger Entfernung kamen hinter ihr auch Mamadre und Vater die Anhöhe herauf.

»Warum kommt ihr so früh zurück?«, fragte Neftalí. »Normalerweise bleibt ihr doch länger, damit du am Strand spielen kannst …«

»Mir war kalt und da wollte ich nach Hause. Und du? Wo willst du hin?«

»Och, ich will mir nur die Umgebung ansehen«, sagte er und wich ihrem fragenden Blick aus.

»Au ja, darf ich mitkommen?«, rief sie spontan.

»*¡Porfa!* Es ist so langweilig hier. Ich muss jeden Tag mit Mamadre zum Markt gehen und mich danach hinlegen. Und dann muss ich allein spielen und ganz still sein, wenn sie ihren Kaffee trinken. Und dann …«

Neftalí ließ sie nicht ausreden. »Vielleicht ein andermal. Ich muss los.« Er sah zu, dass er wegkam, und drehte nur einmal kurz den Kopf, um ganz sicherzugehen, dass Laurita ihm nicht nachlief. Sie stand vor dem Haus und blickte ihm traurig nach.

Am nächsten Nachmittag war es nicht einfacher. Als Neftalí den Strand verließ, rannte Laurita hinter ihm her zum Sommerhaus und zog sich ebenso rasch um wie er. »Neftalíííí«, quengelte sie, als sie ihn in der Küche fand. »Warum nimmst du Brot mit? Und was hast du da unter dem Hemd?« Sie hob seinen Hemdzipfel an. »Aha, dein Schaf! Wo bringst du es hin? Wohin gehst du? Bitte nimm mich mit, bitte, bitte! Ich verspreche auch, dass ich ganz brav sein werde.«

Er tat so, als hätte er nichts gehört, und ging zur Tür hinaus, doch seine kleine Schwester ließ sich nicht abschütteln.

Ungehalten drehte er sich um. »Laurita, geh nach Hause!«

Sie blieb so unvermittelt stehen, als hätte er sie geohrfeigt. Dann drehte sie sich wortlos um und ging mit hängendem Kopf zum Haus zurück. Ihre Schultern zitterten und Neftalí wusste, dass sie weinte. Er bekam Gewissensbisse. Aber er konnte sie nicht mitnehmen, sonst würde sie sich eventuell verplappern und Mamadre oder Vater unabsichtlich von der Hütte und von den Büchern erzählen. Er wollte sich seine kleinen Ausflüge nicht verbieten lassen. Und er wollte auch nicht auf Laurita aufpassen müssen.

Von diesem Tag an wagte Laurita es nicht mehr, ihn zu fragen. Sie schaute ihm nur traurig nach.

~ ~ ~

Als Neftalí zur Lagune kam, wurde er bereits von den Schwänen erwartet. Er warf ihnen das mitgebrachte Brot zu, auf das sie sich gierig stürzten. »Ich muss euch etwas sagen. Ein Geheimnis. Laurita folgt mir. Ich habe sie gesehen. Sie traut sich allerdings nicht bis zur Hütte, nur bis zum Schotterweg. Dort dreht sie sich wieder um und geht nach Hause. Aber keine Angst, von dort aus kann sie nicht viel sehen. Und ich weiß, dass sie mich sowieso nicht mit Absicht verraten würde.«

Neftalí setzte sich zu ihnen. »Im Schwimmen mache ich kaum Fortschritte. Schon morgens, wenn ich aufwache, habe ich vor Angst Bauchschmerzen. Und Laurita schwimmt noch schlechter als ich und deshalb habe ich dauernd Angst, die gefräßigen Wellen könnten sie verschlingen. Am liebsten würde ich nur am Strand sitzen und aufs Meer hinaus*schauen* und am Strand kann man ganz tolle Sachen finden. Aber dass das Wasser so dunkel ist, gefällt mir nicht. Ich kann nicht mal sehen, was sich unter der Wasseroberfläche verbirgt, und merke auch nie, wann es wütend wird und mich gleich hin und her schleudert. Soll ich euch noch etwas verraten? Im Wasser habe ich die ganze Zeit Angst zu sterben.«

Die beiden Schwäne putzten ihre langen Hälse.

»Vater *sagt*, dass mich das Schwimmen kräftiger macht, aber das stimmt nicht. Und das macht ihn von Tag zu Tag wütender. Wenn ich dann endlich wieder aus dem Wasser darf, zittere ich am ganzen Leib und bin blau vor Kälte. Ich warte sogar absichtlich, bevor ich mich abrubble und in eine Decke wickle, damit er sieht, wie sehr ich leide. Aber es nützt nichts. Mamadre schweigt dazu. Sie sagt kein Wort! Und das macht *mich* wütend. Ich rede nur noch, wenn ich muss. Ich gehe ihnen am liebsten aus dem Weg. Am glücklichsten bin ich hier bei euch.«

Neftalí griff nach dem Buch, das Augusto ihm am Vortag ausgeliehen hatte. Er legte sich auf den Rücken und hielt das Buch über seinen Kopf. »Also, was ist? Habt ihr Lust, etwas von Victor Hugo zu hören? Gut, dann hört zu, meine Freunde:

Meine Liebe galt stets geflügelten Wesen.
Als Knabe suchte ich sie im Wald,
sperrte sie in Käfige, aus Binsen geflochten,
und fütterte sie mit meinem Frühstücksbrot;
So dass sie, trotz der schwachen Tür,
nur selten flohen, und selbst wenn,
beim leisesten Pfiff zu mir zurückflogen.«

Neftalí setzte sich auf und warf seine letzten Brotstückchen ins Wasser. »Seht ihr, ihr bekommt auch mein Frühstücksbrot. Und wenn ihr wegfliegt, so hoffe ich, dass ihr zurückkommt, wenn ich euch rufe.«

Die Schwäne schwammen zu den Brotstückchen und kamen sogleich wieder zurück, weil sie mehr haben wollten.

»Seid nicht so gierig«, sagte Neftalí. »Und haltet euch lieber hier in Ufernähe auf. Augusto hat gesagt, dass die Jäger bald kommen, und die wollen euch erschießen. Und wofür? Um aus euren Federn Puderquasten zu machen! Oder um eine eurer schönen langen Federn an einen blöden Hut zu heften.«

Neftalí sah den beiden Schwänen nach, die so dicht nebeneinander über das Wasser glitten, als wäre einer der Schatten des anderen. »Ihr mögt euch sehr, stimmt's? Ihr bleibt immer zusammen. Ich bin fast ein bisschen neidisch.« Er lehnte sich zurück, stützte sich auf die Ellbogen und lauschte dem Konzert der Wasservögel: dem Kreischen der Möwen, dem kehligen Gesang der Kormorane und dem inzwischen vertrauten *Krkrkr* der Schwäne.

»Sagt mal, meine Schwäne, stimmt es, was die

Leute sagen? Singt ihr den ›Schwanengesang‹ ein letztes Mal, bevor ihr sterbt? Nein, das braucht ihr mir nicht zu verraten, ich will es gar nicht wissen. Versteckt euch im Schilf, meine Freunde, damit die Jäger euch nicht finden.«

Neftalí kehrte zur Hütte zurück und setzte sich auf die Veranda. Zufrieden betrachtete er seine neuen Fundstücke: Fischgräten, Muscheln, Krabbenscheren, Glasscherben, Perlmutt und sein treues Schaf – er hatte sie alle auf seinen Behelfsregalen aufgereiht: alte Holzbretter, die er mit großen Steinen abstützte. Als er überprüft hatte, dass alles an seinem Platz war, lehnte er sich an einen der Pfosten der Veranda und nahm seine Lektüre wieder auf.

Als Neftalí einige Zeit später auf die Lagune zulief, winkte er wie immer schon von weitem mit beiden Armen. »Meine Freunde, hier bin ich! Wo seid *ihr*?« Er warf ein Stückchen Brot ins Wasser, doch es sog sich nur voll und ging dann unter. Er rief erneut, begann zu pfeifen. Doch die Schwäne ließen sich nicht blicken. Die Lagune war ungewöhnlich ruhig. Sogar die Möwen und Kormorane waren verschwunden.

Neftalí suchte das Ufer ab, auch das hohe Schilf. Er durchquerte das ganze Sumpfland. Dabei versuchte er sich einzureden, dass den Schwänen sicher nichts passiert war. Vielleicht war der Mensch, der sie früher gefüttert hatte, wieder zurück. Vielleicht wohnten sie jetzt woanders und wurden dort gut gefüttert.

Er beschloss, zum nächsten Haus zu gehen und dort nach den Schwänen zu fragen. Er entdeckte einen Trampelpfad, der von der Lagune wegführte, ohne zu wissen, wohin er ihn führen würde. Und plötzlich entdeckte er eine Blutspur. Ihm wurde ganz mulmig. Da hörte er ein Rascheln im Gebüsch und folgte dem Geräusch. Im sumpfigen Schilfrohr sah er den männlichen Schwan unsicher hin und her schwanken. Er stand in einer Blutlache. Neftalís Magen zog sich schmerzhaft zusammen und einen Augenblick lang glaubte er, er müsse sich übergeben. Doch als er den verzweifelten Ton hörte, den der Schwan von sich gab, riss er sich zusammen.

Neftalí tapste zu dem Schwan und blickte sich hektisch nach dem Weibchen um. Wo war es?

Er bückte sich und nahm den riesigen Vogelleib behutsam hoch. Das Tier wehrte sich nicht. Mit großer Mühe gelang es Neftalí, es bis zur Hütte zu tragen. Der Schwan fühlte sich so schwer an, weil auch Neftalís Herz so schwer war. Auf der Veranda bettete er das Tier vorsichtig auf die Holzbretter. Dann holte er mit einem Eimer Wasser aus der Lagune. Er betupfte die tiefe Wunde mit einem angefeuchteten Zipfel seines Hemds. Mit zitteriger Stimme sagte er: »*Mi cisne, mi cisne.* Mein Schwan, mein Schwan, wer hat dir das angetan? Es kann nur ein Unmensch gewesen sein.« Neftalí streichelte den Hals des Tieres. »Die Jäger haben deine Gefährtin getötet, nicht wahr?« Er legte den Kopf auf den Rücken des großen Vogels. »Du musst etwas essen und trinken, sonst stirbst du auch.« Er holte Brotstückchen aus seiner Tasche und schob sie vorsichtig in den orangefarbenen Schnabel des Schwans.

Die Stunden vergingen und Neftalí brachte es

nicht übers Herz, den Schwan allein zu lassen. Aber er wusste auch, wie sein Vater reagieren würde, wenn er nicht pünktlich nach Hause kam. Womöglich bekäme er sogar Hausarrest … Neftalí harrte aus, bis die Sonne nur noch ein Pünktchen am Horizont war, dann erst rannte er zum Sommerhaus zurück.

Laurita spielte vor dem Haus. Als er näher kam, blinzelte sie ihn überrascht an und zeigte auf seine Brust. »Was ist passiert, Neftalí? Bist du verletzt?«

Neftalí blickte an sich hinunter. Sein Hemd war voller Blut. »Nein, nein. Mir geht's gut.« Hektisch blickte er sich um. »Wo sind Mamadre und Vater?«

»Drin. Aber …?« Laurita starrte immer noch auf sein blutverschmiertes Hemd.

»Laurita, es ist nicht mein Blut. Es ist von einem Schwan. Du musst mir helfen.«

»Wobei?«

»Kannst du ins Haus schleichen und mir ein sauberes Hemd bringen?«

Sie nickte.

»Aber erzähl Mamadre und Vater nichts von dem Blut, ja?«

Laurita zögerte. »Ich sage nichts. Aber … nur, wenn du mich morgen mitnimmst.«

Neftalí fuhr sich durch die Haare. »Das geht nur, wenn Vater es erlaubt. Und er sagt bestimmt Nein.«

»Aber wenn du ihn ganz höflich fragst …«

Neftalí seufzte. »Na schön. Aber jetzt beeil dich.«

Er musste nicht lange warten, bis Laurita mit einem sauberen Hemd wiederkam. Rasch zog er das blutige Hemd aus, versteckte es unter einem Busch und zog das neue, saubere an.

Als er gleich darauf mit Laurita ins Haus ging, wurden sie bereits von Mamadre und Vater erwartet.

»Das Abendessen ist gleich fertig«, sagte Mamadre.

»Wascht euch die Hände!«, befahl Vater.

Neftalí und Laurita wuschen sich die Hände im Waschbecken und taten so, als sei alles ganz normal. Nur einmal warf Laurita ihrem großen Bruder einen komplizenhaften Blick zu.

»Danke«, wisperte er und hoffte, dass Laurita weiterhin so verständnisvoll war und ihn nicht aus Versehen verpetzen würde.

~ ~ ~

Kaum hatte Neftalí am nächsten Morgen das Schwimmen hinter sich, nahm er Laurita an die Hand und ging mit ihr zu Vater und Mamadre. »Darf Laurita heute mit mir kommen? Ich habe ein Flamingonest entdeckt, das ich ihr zeigen möchte. Ich p-p-passe auch gut auf sie auf.«

»Gut, aber lass sie keinen Augenblick aus den Augen«, sagte Vater. »Und bleibt nicht zu lange weg. Gestern Abend war es viel zu spät. Ich will nicht nach euch beiden suchen müssen!«

Neftalí nahm sich vor, diesmal rechtzeitig vor Sonnenuntergang von der Hütte wegzugehen.

Mit Laurita an der Hand ging er langsam die Anhöhe hinauf. Doch sobald sie von den Eltern nicht mehr gesehen werden konnten, entzog Laurita ihm ihre Hand und hüpfte vor Freude auf und ab.

»Beruhige dich, Laurita, und hör mir gut zu! Im Haus ziehst du dich um und suchst ein paar alte

Lumpen und eine Decke. Ich hole Brot aus der Küche.«

»Wofür?«

»Das erzähle ich dir alles auf dem Weg dorthin. Jetzt müssen wir uns beeilen.«

~ ~ ~

Auf dem Weg zur Hütte bei der Lagune erzählte Neftalí seiner kleinen Schwester alles: von Augusto, dem Versteck, der Lagune, den beiden Schwänen und den Jägern. Alle paar Sätze schärfte er ihr ein: »Aber du darfst es niemandem erzählen.« Und jedes Mal nickte Laurita feierlich. Noch bevor sie bei der Hütte waren oder den Schwan überhaupt nur gesehen hatten, rang Laurita die Hände und sagte ein ums andere Mal: *»¡Pobrecito, pobrecito!«* – Der Arme, der Arme.

Der Schwan lag noch da, wo Neftalí ihn hingebettet hatte, wie ein Häuflein Elend und mit geschlossenen Augen.

Laurita beugte sich über ihn. »Er ist nicht tot, oder?«

Neftalí streichelte den Hals des Schwans. »Nein, er schläft nur.«

Unter seiner Berührung schlug der Schwan die Augen auf und erzitterte. Er versuchte, sich aufzurichten, sackte aber gleich wieder in sich zusammen.

»Hab keine Angst, mein Schwan«, sagte Neftalí leise und beruhigend. »Das ist meine Schwester, Laurita. Wart ab, in ein paar Tagen, wenn es dir besser geht, darfst du wieder zurück ins Wasser. Versprochen. Aber zuerst musst du dich noch etwas ausruhen.«

Neftalí schaute zu Laurita, die mit großen, traurigen Augen dastand, und deutete auf den Eimer. »Hol etwas Wasser aus der Lagune, damit ich ihn waschen kann. Und bevor wir wieder gehen, füllen wir den Eimer mit frischem Wasser, damit er etwas zu trinken hat.«

Laurita nahm den Eimer, rannte damit zur Lagune und kam schnell wieder zurück.

Während Neftalí dem Schwan behutsam das Blut abtupfte, streichelte Laurita den Kopf des Schwans, als wäre er ein Baby. Der Vogel schloss die Augen. »Keine Angst«, sagte sie leise zu ihm. »Wir sind doch bei dir. Und wir kümmern uns um dich. Du armes, armes Ding.«

Während der nächsten zwei Wochen kamen Neftalí und Laurita jeden Tag, um nach dem Schwan zu sehen. Laurita holte frisches Wasser und faltete die Decke so, dass er ein weiches Nest hatte. Neftalí säuberte seine Wunde, fütterte ihn mit kleinen Brotbällchen und ermunterte den Vogel, aufzustehen und ein paar Schritte zu machen, obwohl das verwundete Tier immer schon nach wenigen Schritten zusammenbrach. Und als die Wunde tatsächlich verheilt war, löste Neftalí sein Versprechen ein.

~ ~ ~

Neftalí trug den Schwan zur Lagune.

Laurita ging aufgeregt neben ihm her. »Meinst du, er ist jetzt gesund genug? Sei vorsichtig, Neftalí.«

An der Lagune setzte Neftalí den Schwan behutsam am Ufer ab.

»Und jetzt?«, fragte Laurita.

»Wir müssen ihm helfen, sich daran zu erinnern, dass die Lagune seine Heimat ist.« Breitbeinig stellte sich Neftalí über den Schwan, nahm seinen Schnabel und tunkte ihn langsam ins Wasser. Dann schob er den Schwan aufs Wasser. Einen Moment lang blieb er an der Oberfläche, doch dann kippte er zur Seite und begann zu sinken.

»Neftalí, tu etwas!«, rief Laurita voller Angst.

Mit einem Satz war Neftalí bei dem Schwan und hob ihn mit beiden Armen aus dem Wasser. Rückwärts stolperte er wieder ans Ufer, den großen Vogel an seine Brust gedrückt. »Was ist mit dir, Herr Schwan?«

Laurita setzte sich neben ihn und den Schwan. »Vielleicht fühlt er sich wohler, wenn du ihm erzählst, was du alles siehst.«

Neftalí lächelte sie zaghaft an und erinnerte sich an die vielen Male, die sie schon für ihn am Fenster gestanden hatte. Er blickte hinaus auf die Lagune. »Ich sehe Seemöwen, die stramm wie Soldaten im Sand stehen. Im Wasser sind Hunderte Flamingos, die immer wieder ihre gekrümmten Schnäbel nach oben strecken. Jetzt rennen sie alle auf einmal los und lassen sich vom Wind in die Lüfte tragen. Am Himmel sehen sie aus wie ein einziges Wesen mit tausend Flügeln. Welche Farbe sie haben, möchtest du vielleicht wissen. Rosa wie die Wangen eines Säuglings. Aber es gibt noch mehr zu sehen. Ich sehe Felsen, die so steil sind, dass man nicht an ihnen hinaufklettern kann. Und zwei Wolken, die über den Himmel gleiten, als machten sie ein Wettrennen. Welche von ihnen wird gewinnen? Schwer zu sagen …«

Laurita blickte ebenfalls über die Lagune. »Sag mal, Neftalí, wo sind eigentlich die anderen Schwäne?«

»Die Jäger haben sie sicher getötet oder vertrieben. Wenn unser Schwan erst wieder bei Kräften ist, bringen wir ihn auch woandershin. Vielleicht zum *Lago Budi.* Dort gibt es viele Schwäne.«

Laurita legte die Handflächen aneinander, als würde sie beten. »Er *muss* wieder zu Kräften kommen.«

Doch auch nach einer weiteren Woche aufopfernder Pflege ging es dem Schwan nicht viel besser. Im Gegenteil, er wirkte mit jedem Tag schwächer und bedrückter.

Auf den Tag genau drei Wochen nachdem Neftalí den verletzten Schwan gefunden hatte, wartete

Neftalí nach dem morgendlichen Schwimmen oben auf dem Hügel, bis Laurita sich abgetrocknet hatte. Doch als sie zu ihm gerannt kam, sagte sie: »Ich kann heute nicht mitkommen. Mamadre will, dass ich mit ihr eine Frau besuche, die eine Tochter in meinem Alter hat. Aber ich will nicht mit einem Mädchen spielen, das ich nicht kenne. Ich will viel lieber mit dir gehen.«

»Ist doch nicht so schlimm, Laurita, wenn du mal einen Tag nicht mitkommst.«

»Vom Abendessen gestern ist noch etwas Fisch übrig. Ich hab ihn in Papier eingewickelt und in der Nähe der Hintertür versteckt. Vielleicht schmeckt er ihm. Aber gib ihm immer nur ganz kleine Stücke, ja? Und vergiss nicht, ihm auch frisches Wasser zu holen. Und schüttle seine Decke gut aus und leg sie danach wieder so zusammen, dass er ein schönes, weiches Nest hat. Und …«

Neftalí berührte ihren Arm. »Laurita, keine Angst, ich werde mich um alles kümmern.« Dann rannte er los, während seine kleine Schwester besorgt zurückblieb.

~ ~ ~

Als Neftalí bei der Hütte ankam, hob der Schwan den Kopf und stieß einen kurzen, leisen Klagelaut aus. »Oh, du begrüßt mich heute, Herr Schwan«, sagte Neftalí. »Ich hoffe, das ist ein gutes Zeichen.«

Und wieder trug er den großen Vogel ans Ufer. Doch der geschwächte Schwan machte keine Anstalten, ins Wasser zu gehen. Er kauerte am Ufer, als wolle er sich ausruhen. Neftalí hob ihn wieder hoch.

»Sei nicht traurig, mein Schwan. Morgen ist auch noch ein Tag.« Er stapfte mit seiner schweren Last zur Hütte zurück. »Gleich bekommst du leckeren Fisch, mit den besten Grüßen von Laurita. Der macht dich wieder stark und gesund. Sie war sehr traurig, dass sie heute nicht mitkommen konnte, aber morgen siehst du sie bestimmt wieder. Und dann bringen wir dir noch mehr Fisch mit, das ist kein Problem für uns. Und wenn du dich besser fühlst, darfst du wieder in der Lagune schwimmen. Ich werde dir helfen, du wirst schon sehen.«

Neftalí begann zu keuchen und wurde langsamer. »Heute kommst du mir schwerer vor als letztes Mal. Vielleicht hast du zugenommen. Das wäre ein gutes Zeichen.« Er holte tief Luft und ging weiter. »Gleich sind wir wieder an der Hütte. Dort werde ich

alles genau so machen, wie Laurita mir aufgetragen hat. Sie ist, musst du wissen, eine strenge Krankenschwester.«

Ein Schwarm Seemöwen flog über seinen Kopf hinweg zum Ozean und wurde kleiner und kleiner. Neftalí blickte wieder auf den Schwan in seinen Armen. »Wo fliegen sie wohl hin, mein Freund? Weißt du, was sie über dem offenen Meer machen?«

Ein kühler Windstoß strich an ihm vorbei.

Das hohe Schilfgras raschelte.

Ein kleiner Schritt, dann noch einer. »Gleich sind wir da …«, keuchte Neftalí.

Etwas Federiges, Kühles legte sich auf seine Arme.

»Ja, leg ruhig den Kopf ab, mein Freund. Mach es dir bequem …«

Der seidenglatte Schwanenhals entspannte sich. Und der Schwan hauchte sein Leben aus.

Neftalí ging weiter, obwohl seine Arme schmerzten. Seine Augen füllten sich mit Tränen, die ihm bald schon über die Wangen liefen. Er strauchelte. »N-n-nein. N-nicht heute. An k-keinem Tag …«, wimmerte er.

Endlich hatte er die Veranda erreicht und sank auf die unterste Stufe.

Wie lange hatte er bis hierher gebraucht?

Eine Minute? Einen Monat? Ein Jahr?

~ ~ ~

Erst kurz vor Sonnenuntergang wurde er von Laurita und Mamadre gefunden, als er noch immer den Schwan in den Armen wiegte. Laurita setzte sich neben ihn, legte den Kopf auf seine Schulter und brach in Tränen aus.

Neftalí sah zu Mamadre hoch. »Es ist nicht w-w-wahr. Es darf nicht w-w-wahr sein. Seine Gefährtin ist erschossen worden. Von einem Jäger … Er wurde auch verletzt. Wir haben ihn gepflegt … aber h-h-heute …«

Mamadre setzte sich auf Neftalís andere Seite. Zärtlich wischte sie ihm die Tränen ab. »Ich weiß, ich weiß. Als du heute nicht nach Hause gekommen bist, hat Laurita mir alles erzählt. Du hast alles für ihn getan. Mehr hättest du nicht tun können. Vermutlich hatte der Schwan auch innere Verletzungen.«

»Seine Wunde ist geheilt. Aber er w-w-war immer so traurig.«

Mamadre legte Neftalí einen Arm um die Schultern. »Bei Wunden weiß man nie so recht. Vielleicht hat er aus einem ganz anderen Grund gelitten. Ein Schwan braucht andere Schwäne, genau wie wir Menschen andere Menschen brauchen.«

Neftalí begrub das Gesicht im Gefieder des Schwans.

Laurita bekam vor lauter Weinen einen Schluckauf.

Mamadre stand auf, nahm ihren Schal ab und breitete ihn auf dem Boden aus. Mit einer Kraft, die Neftalí ihr gar nicht zugetraut hätte, nahm sie ihm den Schwan aus den Armen, bettete ihn behutsam auf ihren Schal und deckte ihn auch damit zu. »Wir kommen morgen wieder und begraben deinen Freund. Weißt du eine gute Stelle?«

Neftalí nickte. »Z-zwischen den Mohnblumen.«

Mamadre zog Neftalí auf ihren Schoß und wiegte ihn sachte hin und her, genau so, wie er den Schwan gewiegt hatte.

Die Sonne war schon untergegangen, als sie nach Hause gingen. Neftalí ging in der Mitte, zwischen Mamadre und Laurita, und sie hielten sich an den Händen. Es war dunkel, als sie sich dem Sommerhaus näherten. Hinter einem der erleuchteten Fenster konnten sie Vaters Umrisse sehen.

Neftalí erstarrte und sagte mit erstickter Stimme: »Vater w-w-wird böse sein. Und es ist alles m-m-meine Schuld.«

Mamadre ging vor ihm in die Hocke. Sie legte eine Hand auf seine, die andere auf Lauritas Schulter. »Ich werde sagen, ich sei mit Laurita spazieren gegangen. Und als wir dich getroffen haben, war es an der Lagune so schön, dass ich den Vorschlag machte, bis zum Sonnenuntergang zu bleiben. *Das* sei der Grund für unser spätes Nachhausekommen.« Mamadre blickte Neftalí und Laurita eindringlich an. »Ihr geht jetzt gleich in euer Zimmer. Ich werde Vater sagen, ihr wärt so schmutzig, dass ihr euch nicht zu uns an den Tisch setzen könnt. Später bringe ich euch das Essen in euer Zimmer. Habt ihr verstanden?«

Neftalí fiel Mamadre um den Hals. Er hätte ihr gern gesagt, wie lieb er sie hatte. Er wollte ihr sagen, dass es ihm leidtat, dass er böse auf sie gewesen war und nicht mit ihr geredet hattet. Doch vor lauter Rührung brachte er kein Wort über die Lippen.

»Also, abgemacht. Gehen wir hinein«, sagte Mamadre.

Neftalí wollte sie aber noch nicht loslassen. Er

brauchte noch einen Augenblick. »Es stimmt gar nicht, was die Leute sagen«, flüsterte er ihr ins Ohr. Eine Träne rollte über seine Wange. »Schwäne singen nicht, wenn sie sterben.«

~ ~ ~

Der Sommer neigte sich langsam, aber sicher seinem Ende zu. Innerhalb weniger Wochen war das Gelb der Sonne zu einem weichen Gold und die Schatten länger geworden. Nur die nimmermüden Wellen blieben immer gleich, rollten ans Ufer und ließen sich vom Meer wieder zurücksaugen. Irgendwann war der Tag gekommen, an dem Neftalí Augusto Lebewohl sagte, seine im Laufe des Sommers gesammelten Schätze einpackte und sich nur noch in der Nähe des Sommerhauses aufhielt. Wo er ging und stand, schrieb er:

auf Zaunpfosten, auf ausgebleichtes Treibholz und auf die alten Boote, die am Ufer lagen.

An ihrem letzten Tag in Puerto Saavedra stand Vater breitbeinig und mit verschränkten Armen am Strand. Neftalí und Laurita standen vor ihm und hielten sich an den Händen.

»Du hast dich nicht genügend angestrengt, Neftalí. Jetzt warst du den ganzen Sommer über so viel im Freien, aber ich habe den Eindruck, dass du eher noch schwächer als stärker geworden bist.«

»Er ist gewachsen, das ist alles, José«, warf Mamadre ein. »Und schau, was für eine gesunde Farbe er hat!«

Vater strich sich über den Bart und musterte seinen Sprössling von Kopf bis Fuß. »Alles, was ich sehe, sind deine Dummheiten, Neftalí. Du bist noch immer ein heilloser Träumer, der nichts anderes im Kopf hat, als unnützes Zeug zu sammeln und alles vollzukritzeln. Du hast dich kein bisschen verändert, stimmt's?«

Neftalí starrte auf die Lichtsprenkel im Sand.

»*Ich* kann jetzt ein bisschen schwimmen«, warf Laurita ein.

Vater ignorierte sie und schüttelte den Kopf. »Bringen wir es ein letztes Mal hinter uns. Ins Wasser mit euch beiden!«

Neftalí zog Laurita mit sich. Sein Magen verkrampfte sich, denn seine Angst war noch genauso groß wie am ersten Tag.

Wie war es möglich, etwas wie das Meer so sehr zu lieben und gleichzeitig zu hassen? Wie war es möglich, dass sich das Wasser anfühlte, als sei es ein Teil von etwas tief in seinem Inneren und gleichzeitig so völlig fremd? Tapfer ging er weiter, Schritt für Schritt. Das Wasser wurde tiefer. Er kämpfte mit jeder Welle. Die Angst zu ertrinken zog ihn nach unten. Doch als er keinen Sand mehr unter den Füßen hatte, ging er nicht unter. Er strampelte mit den Beinen, ruderte mit einem Arm und zog mit dem anderen Laurita hinter sich her.

»Strample mit den Beinen, Laurita, und drück mit dem Arm das Wasser weg.«

In einem Moment der Ruhe zwischen zwei Wellen berührte sein Fuß wieder den Grund und er sah sich um. Die Sonne blendete ihn und er hielt sich eine Hand über die Augen. Auf dem höchsten Wellenkamm zog eine Regatta vorbei, die es gar nicht geben konnte: Sein Spielzeugschaf tanzte darauf; der Mapuche-Junge schwamm auf dem Rücken und winkte ihm zu; zwei Schwäne schwammen dicht hintereinander her; Augusto saß als Schiffbrüchiger auf einem Floß aus Büchern und wirkte glücklich und zufrieden und da war auch noch ein Ruderboot, randvoll mit glänzenden Mohnblumen.

Die nächste Welle baute sich auf, Neftalí warf sich ihr entgegen und zog Laurita mit sich. Als er danach wieder nach der schwimmenden Parade Ausschau hielt, sah er nur einen Teppich aus Mohnblumen, der langsam unter die Wasseroberfläche sank.

Vater hatte bereits davon gesprochen, dass sie im nächsten Sommer nach Puerto Saavedra zurückkommen würden und im übernächsten Sommer auch. Neftalí wollte lieber nicht daran denken, wie weit er hinausschwimmen müsste, wenn er erst älter war. Die nächste Welle drückte ihn nach unten, entriss ihm

Lauritas Hand und er fand sich inmitten eines weißen Strudels wieder. Er hielt die Luft an und bekam den Kopf wieder über Wasser, wobei er einen seltsamen Auftrieb verspürte, als würde ihn etwas über Wasser halten.

Hektisch und voller Panik ruderte er mit den Armen, um Laurita zu fassen zu bekommen, was ihm auch gelang. Neftalí zitterte, aber nicht aus Angst. Diesmal zitterte er vor *Wut*, so sehr, dass er mit den Zähnen knirschte.

Vater täuschte sich!

Er hatte sich *sehr wohl* verändert.

Neftalí fasste einen Entschluss. Oh ja, er würde nach Puerto Saavedra zurückkehren. Aber er würde nie wieder auch nur einen Fuß in den Ozean setzen, und wenn sich sein Vater auf den Kopf stellte! Neftalí liebte das Rauschen des Ozeans. Er liebte, was die Wellen ans Land brachten. Er liebte den Geruch und den Geschmack der salzigen Luft. Aber das war's auch schon. Lauritas Hand fest umklammert, kämpfte er sich zurück ans Ufer.

Vater schüttelte entrüstet den Kopf, drehte sich um und stapfte zum Haus. Mamadre wickelte Laurita in eine Decke und führte sie ebenfalls zum Sommerhaus, weil sie sich für die lange Fahrt nach Hause fertig machen mussten.

Neftalí war froh, als er allein war. Er suchte sich einen Stock und schrieb trotzig riesige Buchstaben in den feuchten Sand. Er breitete die Arme aus und nahm den donnernden Applaus der Wellen entgegen. Er machte eine galante Verbeugung. Das Meer war nun sein Publikum!

Vaters Pfeife schrillte in der Ferne.

Neftalí beeilte sich. Auf dem Weg zum Sommerhaus stach ihm ein ganz besonderer Stein ins Auge. Er hob ihn hoch. Es war ein glatter, perlgrauer, flacher Stein, der wie ein Herz aussah. Nichts, was er den Sommer über gefunden hatte, war so wunderschön wie dieser Herzstein. Neftalí steckte ihn in seine Tasche. In wenigen Wochen begann die Schule. Vielleicht würde er den Mut aufbringen und ihn jemandem schenken. Vielleicht sogar Blanca …

Oben auf der Anhöhe drehte er sich noch einmal um. Die Wellen rollten heran und zogen sich wieder zurück.

Und das Meer wusch den Strand glatt, Buchstabe um Buchstabe.

Wohin tragen die Wellen die Dinge,

die sie im Sand vorfinden?

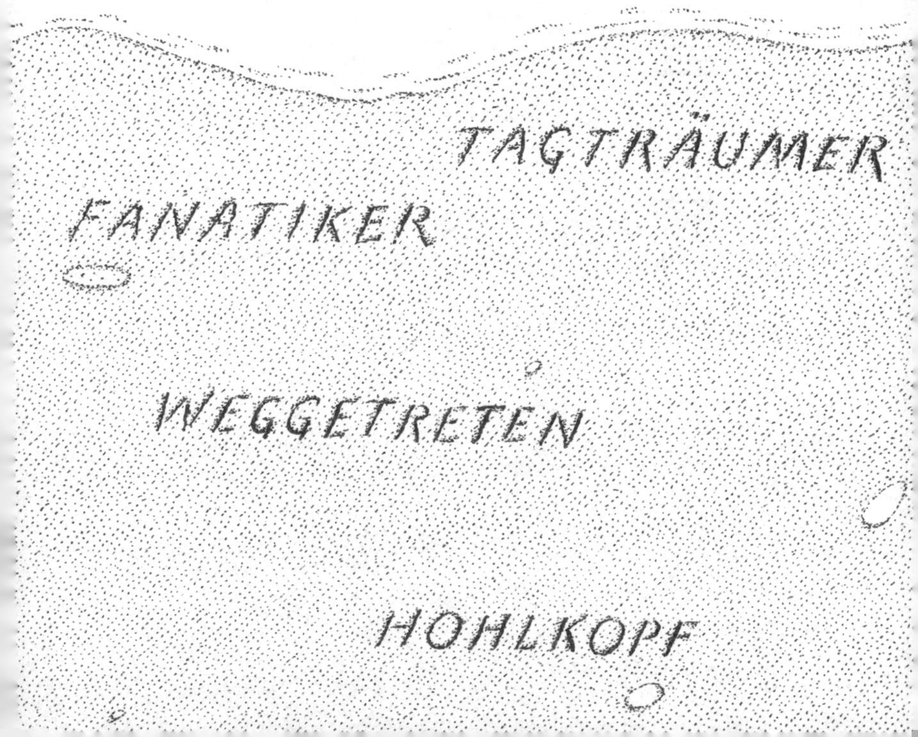

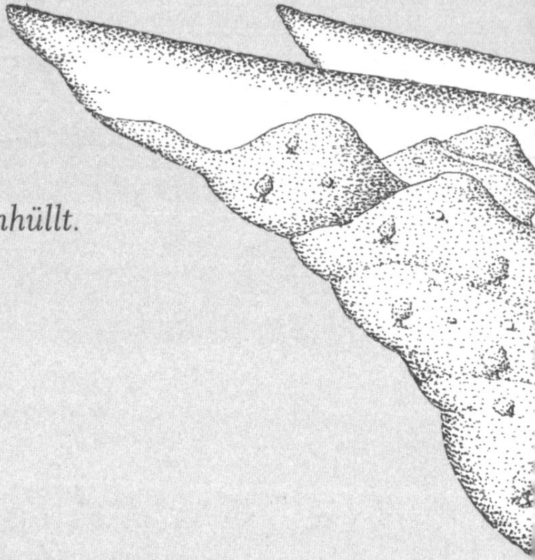

Ich bin Poesie,

die den Träumer umhüllt.

Stets präsent,

ergreife ich Besitz

von seinem Geist,

führe den störrischen Schreibstift

und werde

zum Atem

auf des Schriftstellers einzigem Pfad.

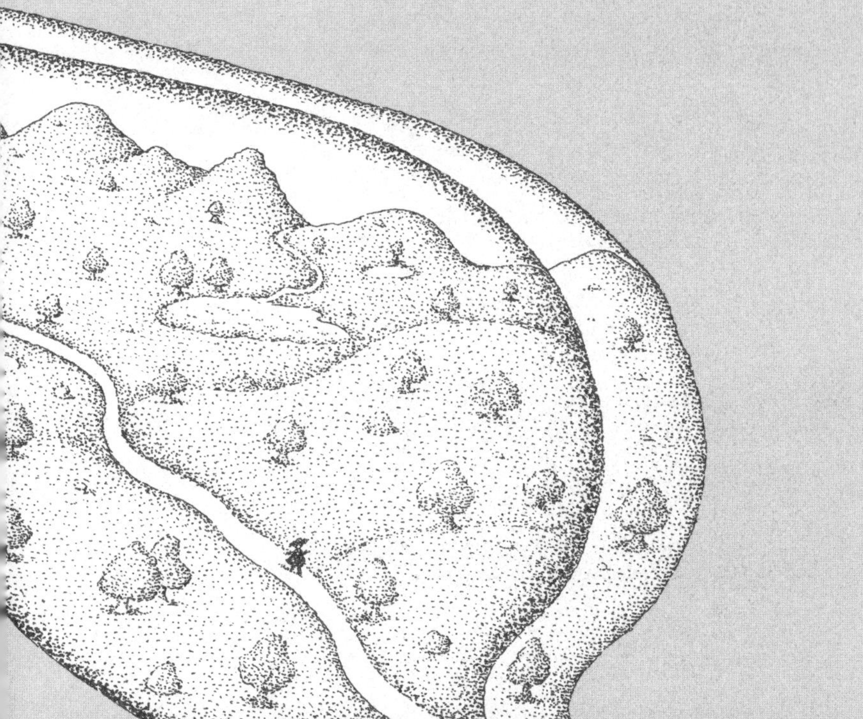

LIEBE

Als Neftalí nach der Schule am Fluss entlang nach Hause ging, schrieb er eifrig in sein Heft. Alle paar Schritte blieb er stehen und hob den Kopf, damit er nicht auf das Herbstlaub trat, das am Ufer ausgebreitet lag wie Wäschestücke, die in der Sonne trocknen sollten.

»Hallo, Schwächling! Warte mal!«

Als Neftalí diesmal aufblickte und den Kopf drehte, sah er Guillermo, der ihn verfolgte. All die Jahre hatte er versucht, diesem Rabauken aus dem Weg zu gehen. Was wollte der nun von ihm? Trotz seiner inzwischen elf Jahre war Neftalí immer noch der dürrste und schwächlichste Junge in seiner Klasse. Er wollte sich nicht einmal *vorstellen*, was Guillermo schon mit einem einzigen Fausthieb anrichten könnte. Rasch ließ er das Heft in seiner Tasche verschwinden, zog die Jacke enger um sich und beschleunigte seine Schritte.

»Bleib stehen!«, rief Guillermo und hob drohend eine Faust.

Neftalí sprang mit einem Satz über eine Pfütze, machte dann jedoch den Fehler, den Kopf zu drehen, um zu sehen, wie groß der Abstand zwischen ihnen beiden noch war. Er rutschte aus und fiel so unsanft hin, dass ihm die Luft wegblieb. Er setzte sich auf und beugte sich nach vorn. Momente vergingen. Dann erst bekam er wieder Luft und erhob sich langsam. Kaum war er wieder auf den Beinen, packte Guillermo ihn am Arm.

»Hörst du mir endlich zu, Schwächling?«

Neftalí stöhnte innerlich, nickte aber vorsichtshalber.

»Du musst mir einen Gefallen tun.« Guillermo schaute schnell nach rechts und nach links, um sich zu vergewissern, dass niemand in der Nähe war. »Du kritzelst doch dauernd in deinem Heft herum. Und heute hat der Lehrer einen deiner Aufsätze vorgelesen und gesagt, du seiest sehr begabt im Umgang mit Wörtern.« Er legte Neftalí einen Arm um den Hals und zog ihn an sich, als wären sie gute Freunde. »Hör mal, du musst einen Brief für mich schreiben. An ein Mädchen. Mit meinem Namen darunter.«

Verwundert starrte Neftalí ihn an. Guillermo

wollte ihn gar nicht verprügeln? »Ich w-w-weiß nicht«, sagte er und schüttelte ratlos den Kopf.

Guillermo hielt ihm seine Faust vor die Nase.

Einen Brief zu schreiben tat sicher weniger weh als eine Tracht Prügel, sagte sich Neftalí und nickte. »U-u-und was soll ich schreiben?«

Guillermo hob ratlos beide Hände. »Keine Ahnung. Schreib ihr, was Mädchen halt gern hören. Aber das muss unter uns bleiben, verstanden? Morgen gibst du mir den Brief, vor der Schule. Und noch eins, Schwächling: Sieh zu, dass sie begeistert ist.« Er wandte sich zum Gehen.

»Moment«, sagte Neftalí. »W-w-wie heißt sie?«

Guillermo starrte ihn herausfordernd an und kickte ein paar Blätter beiseite. »Du kennst sie: Es ist Blanca.«

Blanca!

Benommen sah Neftalí Guillermo nach, der fröhlich davonschlenderte. Dann ließ er sich ans Ufer sinken und starrte ins Wasser.

Seine Blanca?

Neftalí rannte den ganzen Weg nach Hause und war froh, dass ihn dort eine wohlige Wärme empfing. Ein Glück, dass er die nächsten Stunden allein sein würde. Mamadre war mit Laurita zu Valeria gegangen, damit die beiden Mädchen zusammen spielen konnten. Rodolfo und Vater waren in der Stadt.

Neftalí zog seinen Mantel aus, nahm seine Mütze ab und hängte beides in die Nähe des Ofens. Dann eilte er in sein Zimmer. Er überflog die ordentlichen Reihen seiner Sammlung, griff nach dem herzförmigen Stein und knetete ihn zwischen seinen Fingern.

Warum ausgerechnet Blanca? Warum nicht eine andere?

Seine Gedanken überschlugen sich. Wie konnte er sich bloß vor Guillermos Forderung drücken? Er legte den Stein an seinen Platz zurück und schüttelte den Kopf. Nein, an diesem Brief führte kein Weg vorbei. Guillermo kannte kein Erbarmen und würde ihm so lange zusetzen, bis er den Brief bekam. Und wenn der Brief nicht den gewünschten Erfolg hatte, würde Guillermo ihm das Leben zur Hölle machen. Wie konnte er das Ganze angehen? Von Liebesbriefen hatte er keine Ahnung. Wie sollte er dann einen schreiben? Er hatte ja noch nicht mal einen *gelesen*. In seiner Not fiel ihm plötzlich das Bündel mit den Briefen und Postkarten in dem großen Schrankkoffer ein.

Neftalí ging ins Wohnzimmer, kniete sich vor den Koffer und strich mit den Fingern andächtig über den leicht gewölbten Deckel, die Messingbeschläge und die Ledergurte. Früher, als er noch kleiner gewesen war, hatte er Mamadre versprechen müssen, den Schrankkoffer niemals zu öffnen, aber inzwischen war er größer und stark genug, um den Deckel zu halten. Er spähte kurz aus dem Fenster, um sich zu vergewissern, dass niemand kam. Dann schob er den Riegel zurück und hievte den Deckel hoch. Der Geruch von Zedernholz schlug ihm entgegen, als er die Kleidungsstücke, Hüte und die Gitarre beiseiteschob. Behutsam nahm er dann das Bündel heraus und schnürte das Band auf, mit dem sie zusammengebunden waren.

Alle Karten und Briefe waren von einem Mann

namens Enrique an eine Frau namens Maria gerichtet. Enrique schrieb, wie sehr er sich wünschte, mit Maria in einem Schloss in einem fernen Land zu leben. Dass ihre Liebe wie eine alte Steinbrücke sei, die die Flüsse überquert. Und dass sie von allen Frauen, die er je getroffen hatte, selbst die in ihren prachtvollen Gewändern, mit Abstand die schönste sei.

Enrique hatte eine elegante Handschrift, schwungvoll und mit Schnörkeln, und das Geschriebene war genauso ausgefallen. Er schrieb, er könne es kaum erwarten, Maria wiederzusehen, und seine Worte drückten große Hoffnungen und Träume für eine gemeinsame Zukunft aus.

Neftalí las jeden Brief und jede Postkarte. Und als er fertig war, begann er wieder von vorne. Würde er jemals in der Lage sein, so sehnsüchtige Worte zu schreiben? Würden *seine* Worte ebenso denkwürdig sein, dass jemand den Wunsch verspürte, sie aufzubewahren? Nachdenklich legte er alle Briefe und Karten wieder aufeinander, verschnürte das Bündel und legte es in den Koffer zurück. Sorgfältig packte er alle Gegenstände wieder so darauf, wie er sie vorgefunden hatte, und schloss den Deckel.

Den ganzen Nachmittag saß er an seinem Schreibtisch und starrte auf seine Hausaufgaben. Doch seine Gedanken drehten sich nicht um Mathematik. Sondern um die Liebe. Er schrieb das Wort *amor* auf ein Blatt Papier und sagte es immer und immer wieder vor sich hin. Irgendwann faltete er das Papierchen zusammen und legte es in die Schublade zu all den anderen Wörtern. Dann wartete er. Doch die Schublade öffnete sich nicht von selbst und genauso wenig ordneten sich die Wörter wie durch Zauberhand zu romantischen Sätzen. Was konnte er tun? Vielleicht sollte er zuerst einmal üben, sagte er sich, mit ein paar lieben Zeilen an jemanden aus seiner Familie. Dann würde ihm das Schreiben an Blanca vielleicht etwas leichter fallen.

Wen liebte er?

Er liebte Laurita, seine kleine Schwester.

Er liebte Onkel Orlando.

Er liebte Rodolfo.

Und er wusste, dass er auch seinen Vater lieben *sollte*, und deshalb tat er es.

Er liebte Mamadre, daran bestand kein Zweifel. Sie war der liebste Mensch in seiner Welt.

Als Neftalí an Mamadre dachte, wurde er von einem Gefühl tiefer Dankbarkeit überwältigt. Sie hatte schon so viel für ihn getan. Er griff nach einem Stift und begann, alle Worte aufzuschreiben, die ihm in den Sinn kamen, wenn er an sie dachte. Es dauerte nicht lange, bis sich in seinem Kopf ganze Sätze bildeten, die förmlich danach schrien, niedergeschrieben zu werden.

Neftalí holte tief Luft und fühlte sich seltsam zufrieden. Er wollte seine Verse jemandem mitteilen. Er schaute aus dem Fenster. Wie lange war er schon zu Hause? Bestimmt Stunden. Da hörte er Stimmen. Neftalí sprang auf, um zu Mamadre zu eilen. Sie und Vater saßen im Esszimmer und tranken Kaffee.

Neftalí wartete im Türrahmen, bis Vater ihn hereinwinkte. Seine Hände waren ganz verschwitzt. Und als er das Blatt Papier ausstreckte, merkte er, dass seine Hände auch zitterten.

Vater las, was auf dem Blatt stand, doch statt es an Mamadre weiterzugeben, drückte er es Neftalí wieder in die Hand und fragte: »Wo hast du das abgeschrieben?«

»Es ist n-n-nicht abge–«

»Herrje, machst du dich jetzt komplett zum Narren? Wenn du mal groß bist, brauchst du eine anständige Arbeit, die ihren Mann ernährt, und dann wirst du bereuen, deine Zeit mit solchem Unsinn verplempert zu haben. Geh wieder auf dein Zimmer und lerne für die Schule!«

Beim Hinausgehen warf Neftalí einen scheuen Blick auf Mamadre. Sie lächelte ihm zu, nur ganz verhalten, sagte aber nichts. Er nahm sich vor, ihr das Gedicht zu zeigen, wenn Vater nicht in der Nähe war.

Zurück in seinem Zimmer, saß Neftalí zuerst

nur da und starrte auf das leere Blatt Papier, das ein Liebesbrief an Blanca werden musste. Dann stand er auf, schritt in seinem Zimmer hin und her und rieb sich die Schläfen. Enriques Liebesbriefe an Maria hatten so klar und ehrlich geklungen. Es war, als hätte Enrique einfach nur sein Herz sprechen lassen. Neftalí fragte sich, wie es wohl in Guillermos Herzen aussah, und schüttelte ratlos den Kopf. Er hatte keine Ahnung. Er wusste nur, was in seinem eigenen Herzen los war. Plötzlich spürte er einen Schwall von Worten in sich aufsteigen, die sich nicht mehr unterdrücken ließen. Er setzte sich wieder an den Schreibtisch und begann zu schreiben: *Liebe Blanca* …

Er füllte das Blatt mit seinen eigenen Gefühlen – er schrieb, wie schön sie sei, was für wunderschöne Augen und was für eine entzückende Stimme sie habe.

Er gestand ihr, wie sehr er sie aus der Ferne bewunderte, sich aber nicht trauen würde, sie anzusprechen. Erst als er am Ende der Seite angelangt war, hielt er inne. Hier standen seine Gedanken, *seine* Worte, und doch blieb ihm nichts anderes übrig, als Guillermos Namen darunterzusetzen. Blanca würde denken, Neftalís Gefühle seien die von Guillermo. Er versuchte, den dumpfen Schmerz in seiner Brust wegzureiben.

~ ~ ~

Am nächsten Tag nach der Schule wollte Neftalí ganz schnell nach Hause gehen. Er wollte nicht mit ansehen müssen, wie Guillermo Blanca den Brief gab. Was, wenn Blanca Guillermo den Brief vor die Füße warf? Würde Guillermo sich dann an *ihm* rächen? Neftalí sah zu, dass er nach Hause kam.

Auf einmal hörte er Schritte. Der Brief musste ein Fehlschlag gewesen sein. Hatte er zu überschwänglich geschrieben oder zu wenig gefühlvoll? Vater hatte Recht. Er war wirklich ein Narr. Jetzt würde Guillermo es ihn büßen lassen. Neftalí verspürte dieselbe Panik wie all die Male, als sein Vater ihn gezwungen hatte, ins Meer zu gehen. Er drehte sich nicht um, sondern beschleunigte seine Schritte. Doch auch die Schritte hinter ihm wurden schneller. Er bog um eine Ecke, drückte sich blitzschnell in einen Türrahmen. Das Herz klopfte ihm bis zum Hals.

Und plötzlich stand Blanca vor ihm.

Sein Magen schlug einen Purzelbaum.

»Ich habe heute einen Brief bekommen.«

Er konnte sie nicht ansehen und starrte nur angestrengt auf den Boden.

»Von Guillermo«, fuhr sie fort.

Neftalí war richtig übel.

»Nun ist es aber so, dass Guillermo keine zwei Wörter aneinanderreihen kann. Nur du kannst so wunderbare Sätze schreiben.«

Neftalí wagte es, den Blick ein kleines bisschen zu heben.

»Du warst es doch, der den Brief geschrieben hat?«, fragte Blanca, biss sich auf die Unterlippe und wiegte ihren Kopf bedächtig hin und her.

Neftalí nickte.

»Ich hab's gewusst. Laurita erzählt Valeria und mir immer, dass du die besten Aufsätze der Klasse schreibst.«

Neftalí hätte sich am liebsten in ein Mauseloch verkrochen. Ihm war schwindelig, kalter Schweiß stand ihm im Nacken. Er schaute kurz in Blancas Gesicht, senkte dann aber genauso schnell wieder den Blick.

Lächelnd streckte Blanca die Hand aus und reichte ihm eine Quitte. »Für dich«, sagte sie. »Dein Brief hat mir gefallen. Ich würde gern mehr von dir lesen.«

Neftalí nahm die Quitte, konnte Blanca aber noch immer nicht ins Gesicht schauen. Stattdessen starrte er auf die birnenförmige gelbe Frucht.

Blanca strich die Erde mit ihren Schuhen glatt und wartete offenbar auf eine Antwort. »Ich verspreche dir auch, dass ich Guillermo nicht sage, dass ich weiß, wer den Brief wirklich geschrieben hat.«

Neftalí vergaß fast zu atmen. Es war schon

schlimm genug für ihn, wenn ihn ein Erwachsener direkt ansah, doch wenn es ein Mädchen tat – besonders *dieses* Mädchen –, hatte er das Gefühl, als seien seine Lungen zu klein für seinen Körper. Neftalís Brust schwoll schmerzlich an, doch es war ein ganz komisches Glücksgefühl.

Wortlos drehte er sich um und eilte nach Hause. Er folgte der Melodie des Satzes, den er ununterbrochen wiederholte: *Dein Brief hat mir gefallen. Dein Brief hat mir gefallen. Dein Brief hat mir gefallen.*

Er dachte nicht daran, die Quitte zu essen. Er legte sie zu seiner Sammlung. Es war ihm egal, dass sie bald schon vertrocknen würde. Blancas Finger hatten sie berührt! Er nahm den herzförmigen Stein und legte ihn neben die Quitte. Vielleicht würde die Erinnerung an ihre freundlichen Worte Neftalí irgendwann das nötige Selbstvertrauen geben, ihr seinen herzförmigen Stein zu schenken.

~ ~ ~

Von da an schrieb Neftalí jede Woche einen Brief an Blanca und unterschrieb mit *Guillermo*. Aus einiger Entfernung sah er mit an, wie Guillermo nach der Schule Blanca einen Umschlag in die Hand drückte. Er sah, wie sie ihn höflich anlächelte und sich bedankte. Dann wartete sie, bis Guillermo außer Sicht war, und blickte über die Schulter … zu Neftalí.

Neftalí wartete an einer Ecke des Schulhofs, bis er ihren Blick spürte. Erst dann folgte er ihr bis zu ihrem Haus, mit gesenktem Haupt. Sie ging immer eher langsam und blieb irgendwann stehen, damit er sie einholen konnte. Dann überreichte sie ihm eine weitere Quitte. Doch wie beim ersten Mal kam kein Wort über seine Lippen. Frohen Herzens ging er mit der Quitte nach Hause und legte sie zum Rest seiner Sammlung.

~ ~ ~

Als Neftalí an dem Nachmittag, an dem er von Blanca die fünfte Quitte bekommen hatte, nach Hause kam, saß seine kleine Schwester am Tisch, den Kopf auf die Arme gelegt, und weinte. Mamadre saß neben ihr und streichelte ihr über den Rücken.

»Was ist passiert?«, fragte Neftalí.

»Laurita ist traurig, weil Valeria mit ihrer Familie wegzieht. Ihr Onkel ist krank geworden und deshalb muss ihr Vater nach Antofagasta ziehen, um sein Geschäft weiterzuführen. Valeria und Blanca reisen morgen früh mit ihren Eltern ab.«

Laurita hob den Kopf und schniefte. »Valeria ist meine allerallerbeste Freundin!« Sie ließ den Kopf wieder auf die Hände sinken.

Mamadre strich ihr über die Haare. »Sollen wir morgen früh zum Zug gehen und ihr Lebewohl sagen? Dann überlegen wir uns jetzt, was du ihr schenken kannst, damit sie immer an dich denkt.«

»Sie darf mich nie, nie vergessen«, schluchzte Laurita.

»Ich weiß, ich weiß«, sagte Mamadre. »Uns fällt bestimmt etwas Besonderes ein.«

Neftalí überließ die todtraurige Laurita der tröstenden Gesellschaft von Mamadre und ging in sein Zimmer. Er setzte sich auf den Rand seines Bettes und hielt sich den Bauch. Hatte ihn jemand in den Bauch geboxt, ohne dass er es gemerkt hatte? Antofagasta lag ganz im Norden Chiles, am anderen Ende der Welt. Er würde Blanca vermutlich nie wiedersehen. Betroffen starrte er auf die Quitten auf seinem Regal und die Quitte in seiner Hand. Und er merkte, dass auch er sich sehnlichst wünschte, Blanca möge ihn niemals vergessen.

Er nahm den herzförmigen Stein aus seiner Sammlung, ging damit ans Fenster und blickte hinaus. Ein Fuhrwerk rollte auf der Straße vorbei und wirbelte viel Staub auf. Es war früh am Morgen, alles war in einen braunen Dunstschleier gehüllt. Am Bahnhof ging er auf Blanca zu. Ihre Blicke trafen sich. Er schlängelte sich durch die Menge, bis er bei ihr war, und drückte ihr wortlos den Stein in die Hand. Sie war so überwältigt, dass sie ihm um den Hals fiel und ihn auf die Wange küsste. Sie versprachen sich, einander zu schreiben, mindestens einmal die Woche und für immer und ewig. Dann stieg Blanca in den Zug, winkte ihm und warf ihm Handküsse zu. Er winkte, bis die Schlusslichter des letzten Waggons in der Ferne verschwunden waren. Erst dann drehte er sich abrupt um und schob sich wieder durch die Menge, ohne auf die neugierigen Blicke der Umstehenden zu achten, auch nicht auf die Blicke Guillermos, und ging nach Hause.

Neftalí wandte sich vom Fenster weg und knetete den Stein zwischen seinen Fingern. Dann steckte er ihn in seine Tasche und wartete auf den Morgen.

~ ~ ~

Der neue Tag brach an. Neftalí zog sich an und schaute beklommen aus dem Fenster, um zu sehen, was sich auf dem Bahnsteig abspielte. Mehrere Abreisende standen schon da, im Kreise von Freunden und Bekannten, die gekommen waren, um ihnen Lebewohl zu sagen. Schließlich trafen auch Blanca und ihre Familie ein. Mamadre und Laurita verabschiedeten sich von ihnen. Auch einige Klassenkameraden und Guillermo waren gekommen. Neftalí sah, wie sich die Männer um Blancas Vater scharten, ihm die Hand schüttelten und ihm auf den Rücken klopften. Er sah, wie die Frauen Blancas Mutter küssten. Sie hatten Brote und Süßigkeiten mitgebracht und legten diese in ihren Proviantkorb. Laurita hielt Valerias Hand. Die beiden Mädchen tauschten ihre Tücher, um einander nie zu vergessen.

Als der Zug einfuhr, halfen die Männer Blancas Vater beim Verladen der vielen Gepäckstücke. Als

Blanca gerade einsteigen wollte, rannte Laurita zu ihr, flüsterte ihr etwas ins Ohr und drückte ihr einen kleinen Stein in die Hand. Blanca hob den Kopf und ließ den Blick über die Menge schweifen. Doch vergebens. Schließlich gab sie auf und stieg ein.

Hinter einem Vorhang versteckt, sah Neftalí den Rauch aus dem Schornstein des Zugs aufsteigen.

Er sah, wie der Zug langsam davontuckerte.

Er blickte ihm nach, bis nicht einmal mehr die Schlusslichter zu sehen waren.

Wer spinnt das kunstvolle Netz,
in dem sich der schüchterne Geist
verfängt?

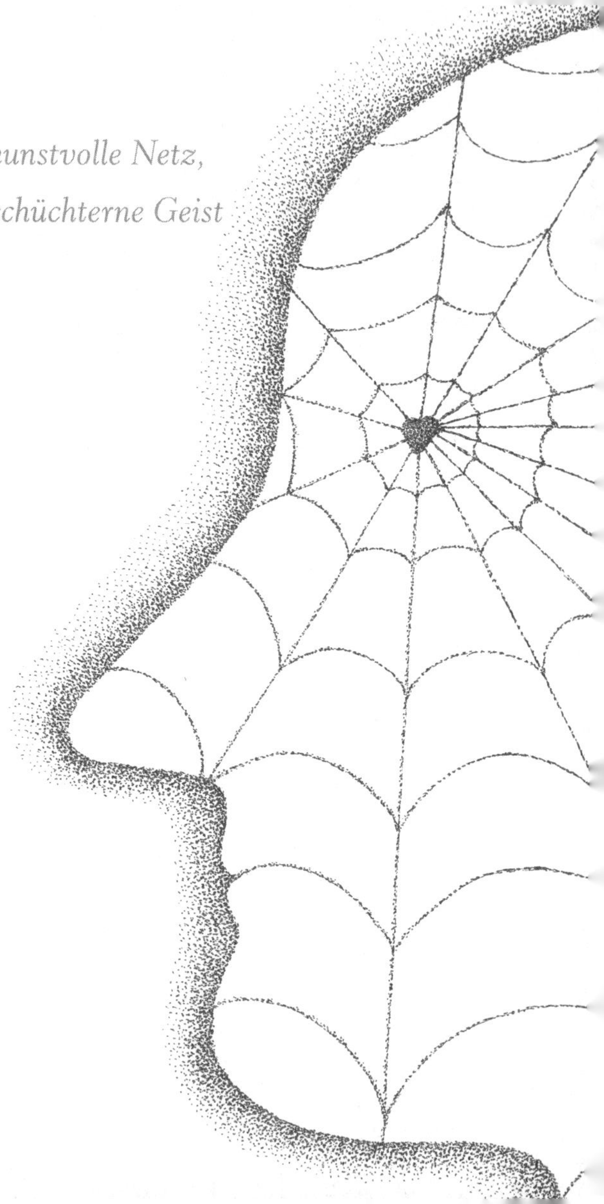

LEIDENSCHAFT

In Neftalís Zimmer in Temuco machten dicke, laute Regentropfen *plip* und *plop* und *blubb*.

Der Herr Chucao flatterte zwischen Neftalís Schätzen, den Samenschoten und Tannenzapfen umher und rief seinen Namen.

Eine Welle donnerte ans Fenster, Gischt spritzte herein und tröpfelte von der Fensterbank.

Neftalí versuchte zu schlafen, doch je mehr er sich im Bett hin und her wälzte, desto lauter wurden die Geräusche. Machte ihn der Gedanke an den morgigen Tag so nervös, dass er nicht einschlafen konnte?

Er starrte ins Halbdunkel seines Zimmers. Kein Wunder, dass er das Meer vor sich sah und seine Geräusche hörte, denn sie waren gerade wieder einmal von ihrem Sommerurlaub in Puerto Saavedra zurückgekehrt. Und sein alter Freund, der Regen, war hier in Temuco sein ständiger Begleiter. Aber konnte er ihm nicht wenigstens eine Nacht Ruhe gönnen, wenigstens heute Nacht, wo er ohnehin so nervös war?

Der Chucao dagegen beunruhigte ihn. Obwohl Neftalí mit seinem Vater noch oft im Wald gewesen war und den Vogel gehört hatte, so hatte er ihn nur ein einziges Mal *gesehen* – damals, als Achtjähriger. Jetzt war er plötzlich in seinem Zimmer. War er gekommen, um ihn vor seinem weiteren Schicksal zu warnen? Hatte er von rechts oder links gerufen?

Wegen des heillosen Durcheinanders in seinem Kopf verkroch sich Neftalí unter der Decke und wäre am liebsten in der Matratze verschwunden. Aber obwohl er inzwischen dreizehn Jahre alt war und größer als Rodolfo, war er weiterhin schrecklich dünn und hinterließ kaum einen Abdruck auf der Matratze.

Schließlich gab er sich dem Prasseln der Regentropfen, dem Rufen des Chucaos und dem Rauschen der Wellen hin. An Schlafen war nicht zu denken. Er nahm eines seiner vielen Bücher aus dem Regal und begann zu lesen. Doch der einzige Satz, den er auf der Seite sah, lautete: *Was wird der morgige Tag bringen?*

Am Nachmittag des darauffolgenden Tages schritt Neftalí auf dem Gehsteig vor Onkel Orlandos Zeitungsbüro auf und ab. Mit einer Hand fuhr er sich ständig durch die Haare, in der anderen hielt er sein Heft umklammert. Als er sich den Schweiß von der Stirn wischte, wurde ihm bewusst, dass er nicht mehr so nervös gewesen war wie damals, vor über zwei Jahren, als er vor Blanca gestanden und sie ihm zum Dank für seine Briefe immer eine Quitte geschenkt hatte. Es spielte keine Rolle, dass es diesmal nur um seinen Onkel Orlando ging. Es bedeutete dennoch, dass er vor jemandem stehen würde, der darüber entschied, was er wert war.

Wenigstens handelte es sich nicht um seinen Vater, der immer noch aller Welt erzählte, sein Sohn Neftalí würde Doktor oder Zahnarzt werden. Je mehr sein Vater darauf beharrte, desto genauer wusste Neftalí, was er *nicht* werden wollte.

Vor der Abreise aus Puerto Saavedra hatte er dieses Mal sogar mit Augusto über seine wachsenden Befürchtungen gesprochen und der hatte ihm gesagt: »Wenn es wirklich dein Herzenswunsch ist, wird sich ein Weg finden lassen.«

Die Tür ging auf. Onkel Orlando streckte den Kopf heraus. »Neftalí! Du bist's! Warum kommst du nicht einfach herein? Na, komm schon!«

Neftalí stieß die Luft aus. Als er das Büro betrat, versuchte er sich vorzustellen, wie Onkel Orlando auf seine Bitte reagieren würde. Und auch, was sein Vater sagen würde, wenn er davon erfuhr.

Onkel Orlando setzte sich wieder an seinen Schreibtisch und sortierte irgendwelche Papiere.

Neftalí holte tief Luft.

Onkel Orlando blickte auf. »Neffe, du bist so bleich, dass man Angst haben muss, du könntest jeden Augenblick umkippen. Setz dich!«

Neftalí nahm Platz.

»Warum bist du so nervös?«

»Ich w-w-will dich etwas f-fragen. Zwei Dinge.«

Onkel Orlando beugte sich vor und musterte ihn besorgt. »Ja …?«

»Weißt du noch, als ich jünger war, hast du gesagt, ich k-k-könne eines Tages für dich arbeiten …?«

Onkel Orlando lehnte sich zurück und beäugte ihn von Kopf bis Fuß. »Wie alt wirst du demnächst? Vierzehn, nicht wahr?«

Neftalí nickte.

»Nun … dann bist du alt genug. Es wäre eine

gute Erfahrung für dich. Natürlich geht es nur nach der Schule. Und ich kann dir nur sehr wenig zahlen ... « Er lächelte bedauernd.

»Das macht nichts«, versicherte ihm Neftalí.

Onkel Orlandos Miene wurde ernst. »Aber es geht natürlich nur unter der Bedingung, dass dein Vater damit einverstanden ist.«

Neftalís Lächeln erlosch. Er ließ die Schultern hängen. »Ich weiß.«

Onkel Orlando nickte bedächtig. »Mal überlegen ... Heute Abend werden sicher wieder etliche Gäste bei euch sein, nicht wahr?«

Neftalí nickte. »Vater ist gestern Abend von einer langen Reise zurückgekehrt. Und auch Rodolfo kommt für ein paar Tage zu Besuch.«

»Gut, dann wird José guter Laune sein. Ich

denke, da dürfte sich eine Gelegenheit ergeben, ihn zu fragen, ob du bei mir arbeiten darfst. Aber hast du nicht gesagt, du willst mich zwei Dinge fragen?«

Neftalí reichte ihm sein Heft. »Hier ist mein Aufsatz. Alle Klassen, die der Jungen- und der Mädchenschule, sollten über ein bestimmtes Thema schreiben. Der Aufsatz des Gewinners wird in der Schülerzeitung abgedruckt werden. Morgen ist Abgabetermin und ich wollte dich fragen, ob du meinen Aufsatz lesen und mir vielleicht noch den einen oder anderen Tipp geben kannst …«

Onkel Orlando nahm das Heft entgegen. »Das ist das Mindeste, was ich für einen vielversprechenden jungen Mitarbeiter tun kann. Ich bringe ihn heute Abend mit, wenn ich zum Abendessen zu euch komme. Und ich freue mich auch, Rodolfo zu sehen.

Wie gefällt ihm seine neue Arbeitsstelle in Santiago?«

»Ich weiß es nicht«, antwortete Neftalí zögernd. »Wir sehen ihn nicht oft, und wenn er da ist, redet er nicht viel über seine Arbeit. Er f-fehlt mir.«

»Tja, so ist das Leben nun mal. Er ist inzwischen erwachsen.« Onkel Orlando deutete mit dem Kinn zur Tür. »Mamadre und Laurita brauchen sicher Hilfe. Also fort mit dir, damit ich weiterarbeiten kann. Sonst habe ich keine Zeit mehr, mir deinen Aufsatz anzusehen.«

Auf dem Nachhauseweg versuchte Neftalí sich vorzustellen, welche günstige Gelegenheit eintreten müsste, damit Vater seine Erlaubnis gab. Aber leider fiel ihm keine einzige ein.

Alles, woran er denken konnte, war eine imposante Gestalt in einem dunklen Umhang, die ihm den Weg versperrte.

~ ~ ~

An diesem Abend gab es wie üblich alles in Hülle und Fülle: Essen, Trinken und Gespräche. Neftalí wartete sehnsüchtig auf Rodolfo, doch als sein großer Bruder eintraf, schüttelte er nur allen anwesenden Geschäftsleuten die Hand und zog sich mit ihnen auf die andere Seite des Raums zurück. Mit ihren dunklen Anzügen sahen sie aus wie eine Horde Geier mit schwarzen Flügeln, besonders wenn sie bedächtig nickten.

Dann endlich konnte Neftalí Rodolfos Blick auffangen. Er hob die Hand. Sein Bruder nickte ihm kurz zu und widmete sich dann wieder den Männern.

Als alle bei Tisch saßen, zeigte Vater auf den einzigen leeren Stuhl, den Stuhl neben Neftalí. »Wo bleibt Orlando?«

»Er ließ ausrichten, dass er noch zu tun hat und später kommt«, sagte Mamadre.

Neftalís Herz zog sich zusammen. Er musste sich zwingen, seine Suppe auszulöffeln. Vielleicht hatte Onkel Orlando sein Aufsatz ja gar nicht gefallen. Lustlos stocherte er an seinem Hähnchenflügel herum. Wenn der Aufsatz seinem Onkel nicht gefallen hatte, würde er ihn dann überhaupt als Gehilfen haben wollen? Würde er auch dann noch um Vaters Erlaubnis bitten? Bis die Gäste mit dem Hauptgericht fertig waren und Mamadre in die Küche ging, um den Nachtisch zu holen, hatte sich Neftalí so in seine Ängste hineingesteigert, dass er fest davon überzeugt war, Onkel Orlando würde gar nicht kommen.

Doch ausgerechnet in dem Moment klopfte es zweimal an der Haustür und kurz darauf betrat Onkel Orlando den Raum. Neftalí war erleichtert, doch gleichzeitig verkrampfte sich alles in ihm.

Onkel Orlando nickte in die Runde. »Bitte verzeiht meine Verspätung, aber ich musste zuerst meine Zeitung zu Bett bringen.«

»Erzählen Sie! Was gibt es Neues?«, fragte ein Ladenbesitzer. »Dann können wir es herumerzählen, bevor die Zeitung morgen früh erscheint.«

Alle lachten.

»Ach, nur das Übliche«, antwortete Onkel Orlando. »Wetter, Vermählungen, Todesfälle. Und wieder ein Mapuche, der ermordet wurde, weil er sein

Land nicht hergeben wollte. Das dürfte für einige der Anwesenden nicht neu sein, da sie in solche unmenschlichen Machenschaften verwickelt sind – und sei es auch nur indirekt. Aber genug davon. Die gute Nachricht ist, dass sich eine neue Gruppe formiert hat, die sich im Stadtrat und bei den Bürgerversammlungen für die Mapuche einsetzen will.«

»Ah, eine Stimme für die armen Unterdrückten. Wie nett«, sagte der Krämer. »Die Bauunternehmer fördern die Wirtschaft und ein Aufschwung führt zu mehr Arbeitsplätzen. Und Ihr habt Mitleid mit ein paar Mapuche, die sich querstellen und ihr Land nicht hergeben wollen?«

»Es ist ihr Land«, sagte Onkel Orlando mit Nachdruck.

»Darüber lässt sich streiten«, meinte der Krämer.

Neftalí wurde zunehmend nervös. Würde sich die Diskussion gleich zu einem Streit auswachsen?

Onkel Orlando trat einen Schritt vor und wollte ein weiteres Argument anführen, doch dann machte er den Mund wieder zu, als sei ihm gerade etwas eingefallen. Er lächelte den Krämer an. »Heute Abend ist mir nicht nach Streiten. Aber nur heute Abend. Stattdessen würde ich euch allen jetzt gern etwas vorlesen, wenn's recht ist. Und zwar einen Artikel, der in der morgigen Zeitung erscheinen wird.«

Erwartungsvolles Gemurmel war zu hören.

Als alle Augen auf ihn gerichtet waren, räusperte sich Onkel Orlando und begann dann vorzulesen: »Enthusiasmus und Beharrlichkeit …«

Neftalís Augen wurden groß. Hatte er richtig gehört? So lautete die Überschrift *seines* Aufsatzes.

Ihm war, als purzelten in seinem Bauch Wackersteine durcheinander. Verstohlen sah er sich am Tisch um, während Onkel Orlando vorlas, wie wichtig es sei, seinen Träumen zu folgen und sich dabei nicht beirren zu lassen. Er studierte die gespannten Mienen der Anwesenden, als sie von berühmten Entdeckern hörten, die allen Hindernissen zum Trotz ihren Weg in neue Welten erkämpft hatten.

Mit großer Überzeugung in der Stimme trug Onkel Orlando Neftalís These vor, die da lautete, dass diese Pioniere wahre Helden in Sachen Entschlossenheit und Beharrlichkeit waren.

Als Onkel Orlando zum Ende des Artikels kam, wurde seine Stimme weicher und langsamer. Er schloss mit einem feierlichen und nachdenklich stimmenden Satz: »Beispiele wie die von Kolumbus und Marconi und vielen anderen können nicht hoch genug geschätzt werden, denn ihre Entdeckungen oder Erfindungen ermöglichen vielen von uns ein besseres Leben.«

Als er verstummte, machte sich Schweigen breit. Neftalí ließ den Kopf hängen. Es hatte den Männern nicht gefallen.

Doch dann brachen sie plötzlich in Beifall aus. Neftalí schaute der Reihe nach in alle Gesichter und sah die Wertschätzung in ihren Augen. Selbst sein Vater klatschte lächelnd Beifall.

»Verraten Sie uns«, sagte einer der Gäste, »wer das geschrieben hat!«

Neftalí konnte plötzlich kaum noch atmen.

»Ein junger Mann, erst dreizehn Jahre alt. Der hoffentlich bald regelmäßig für mich schreiben wird.«

Mit einer schwungvollen Geste zeigte Onkel Orlando auf seinen Neffen. »Kein anderer als der uns allen wohlbekannte Neftalí Reyes!«

»*¡Felicidades!*«, rief Laurita.

»Ja, Glückwunsch«, sagte der Krämer. »Ganz beachtlich.«

Neftalís Hände zitterten so sehr, dass er sie unter dem Tisch festhalten musste. Wie konnte er so stolz sein und gleichzeitig solche Angst verspüren?

Er blickte auf und begegnete dem Blick seines Vaters, der ihn mit zusammengekniffenen Augen musterte.

Schnell blickte Neftalí wieder auf seinen Teller.

Sein Vater räusperte sich und sagte übertrieben jovial: »Freut mich, dass die kleine Belustigung euer Wohlgefallen fand.«

Erneut blickte Neftalí auf. Sein Vater sah gar nicht erfreut aus.

»José«, sagte einer der Gäste, »ich wusste gar nicht, dass dein Sohn so talentiert ist.«

»Ach, es ist nur ein Steckenpferd«, erklärte Vater abfällig. »Eine Spinnerei, mehr nicht. Reden wir von etwas anderem.«

»Er gäbe einen guten Gehilfen für mich ab«, versuchte Onkel Orlando die Gunst der Stunde zu nutzen. »Und er könnte eine kleine Tätigkeit nach der Schule brauchen, nicht wahr? Dann kann er schon mal etwas Geld für die Universität zurücklegen.«

Vaters Gesicht lief vor Zorn rot an. »Für sein Studium werde *ich* aufkommen, sofern er etwas *Anständiges* studiert.«

»Aber damit wird er nicht all seine Ausgaben bestreiten können«, gab Rodolfo plötzlich zu bedenken. »Wenn Neftalí jetzt schon arbeitet, kann er später seine Bücher selber kaufen.«

Überrascht sah Neftalí über den Tisch hinweg auf seinen Bruder. Der hatte den ganzen Abend über kein Wort mit ihm gewechselt, aber nun setzte er sich für ihn ein.

»Kommt nicht in Frage«, sagte Vater unwirsch. »Solange er noch zur Schule geht, muss er sich aufs Lernen konzentrieren, damit er überhaupt an der Universität zugelassen wird.«

»Er ist doch in fast allen Fächern Klassenbester …«, sagte Rodolfo. Er machte eine fast unmerkliche Kopfbewegung, als wollte er seinen kleinen Bruder ermutigen, auch etwas zu sagen. »Nicht wahr?«

Neftalí stammelte: »Außer in M-m-mathematik, aber ich v-v-verspreche, dass meine schulischen Leistungen nicht darunter leiden werden, wenn ich arbeiten gehe.« Er konnte es kaum fassen, dass er seinem Vater gegenüber eine eigene Meinung vertrat. Woher waren diese Worte gekommen?

Sein Vater hob seine Hand, doch Onkel Orlando ließ ihn gar nicht erst zu Wort kommen. »Bis zur Universität sind es noch drei Jahre. Ich kann Neftalí zeigen, wie eine Druckerpresse funktioniert, und er kann mich in geschäftlichen Belangen unterstützen. Wie wir wissen, schadet es nie, wenn man sich in geschäftlichen Dingen auskennt, nicht wahr, Rodolfo?«

Rodolfo nickte. Seine Stimme hatte jeden Schwung verloren, als er leise sagte: »Wie Vater immer sagt: ›Im Geschäftsleben liegt die Zukunft.‹ Wenn einer das weiß, dann ich!«

In diesem Augenblick kehrte Mamadre zurück und stellte eine Platte vor Vater. Darauf lagen *alfajores*, süße Stückchen, mit Karamellkrem gefüllt und mit Puderzucker bestreut. Alle am Tisch machten große Augen und seufzten vor Vorfreude.

»José«, sagte der Krämer, »in deinem Haus gibt es immer die interessantesten Gespräche und die leckersten Köstlichkeiten.«

»Gut, dann ist es abgemacht«, sagte Onkel Orlando. »Würdest du jetzt bitte die wunderbaren *alfajores* herumgehen lassen, José?«

Vater sah ein, dass er vorläufig geschlagen war. Am Tisch wurde nur noch über den leckeren Nachtisch gesprochen.

Onkel Orlando stieß Neftalí unauffällig mit dem Ellbogen an.

Neftalí wagte nicht, ihn oder seinen Vater anzuschauen. Er schielte nur zu Rodolfo, der ihm verstohlen zulächelte. Doch es war das traurigste Lächeln, das Neftalí je gesehen hatte.

Die Platte mit den *alfajores* kam bei ihm an und Neftalí wählte ein Gebäckstück aus. Während er kaute, verspürte er plötzlich den Wunsch, auch Onkel Orlando und Rodolfo in die Liste seiner Helden aufzunehmen.

~ ~ ~

Gleich am nächsten Nachmittag nahm Neftalí seine Arbeit bei Onkel Orlando auf.

Nach zwei Monaten konnte er bereits meisterhaft mit der Druckerpresse umgehen. Seine Finger waren mit schwarzen Tintenklecksern übersät und seine Kittelschürze hatte Flecken von den warmen, feuchten Zeitungsblättern. Der resolute Singsang der Druckmaschine grub sich in sein Gedächtnis:

Klick-KLACK, shhh-ff
Klick-KLACK, shhh-ff
Klick-KLACK, shhh-ff

Neftalí hörte den Singsang auch, wenn die Presse nicht lief; wenn er die Metall-Lettern in die Setzkästen einsortierte oder Botengänge machte und selbst jetzt, als er am Ende eines langen Tages den Boden fegte und dabei vor sich hin pfiff.

Er hoffte, dass bald ein weiterer Aufsatz von ihm

in der Zeitung stehen würde. Onkel Orlando hatte es versprochen, doch während der letzten paar Wochen war er so mit anderen Dingen beschäftigt gewesen, dass Neftalí ihn nicht noch einmal darauf ansprechen wollte. Außerdem benahm sich sein Onkel neuerdings etwas seltsam: Er kam ins Büro gerannt und rannte wieder davon, ohne ihm zu verraten, was los war; Neftalí musste Briefe zustellen und seinem Onkel schwören, keiner Menschenseele davon zu erzählen; er traf sich nach Einbruch der Dunkelheit mit Leuten an der nächsten Straßenecke und im Regen statt in seinem Büro.

Klick-KLACK, shhh-ff
Klick-KLACK, shhh-ff

Die Tür ging auf und Onkel Orlando stürmte herein. Er schlug die Tür hinter sich zu und schloss hektisch alle Fenster. Mit einem sehr ernsten Gesicht sagte er barsch: »Neftalí, besorge ein paar Stühle und verhänge die Fenster mit Decken.«

»Warum?«, fragte Neftalí.

»Die neue Gruppe, die sich für die Mapuche einsetzt, will eine Protestaktion gegen die Bauunternehmer organisieren. Sie brauchen einen Treffpunkt für heute Abend. Da habe ich ihnen dieses Büro angeboten. Vielleicht kann eine größere Gruppe etwas bewirken. Neftalí, bitte denk daran, dass niemand von diesem Treffen erfahren darf.«

Neftalí griff nach einem Lappen und säuberte seine Hände. »Verstehe.«

»Ich weiß nicht, was passiert, wenn die Bauunternehmer davon erfahren«, fuhr Onkel Orlando fort. »Sie haben schon so viele Leute aus dem Weg geräumt …«

Angst nistete sich in Neftalís Kopf ein. »Aber woher willst du wissen, dass alle, die zu diesem Treffen kommen, auf deiner Seite sind?«

Onkel Orlando faltete eine Decke auseinander und reichte sie Neftalí. »Du stellst dich ans Fenster und gibst mir Bescheid, wenn jemand hereinkommt, der dir irgendwie verdächtig vorkommt. Es kann natürlich sein, dass die Bauunternehmer einen Spion schicken«, sagte er achselzuckend, »aber dieses Risiko muss ich eingehen.«

Nach Einbruch der Dunkelheit stellte sich Neftalí ans Fenster und spähte im Schutz einer Decke nach draußen. Wie sollte er einen Bauunternehmer von einem braven Bürger unterscheiden, dem das Wohl der Eingeborenen am Herzen lag? Was würde passieren, wenn er einen Falschen hereinließ? Und falls er Onkel Orlando auf einen Verdächtigen aufmerksam machen würde, käme es dann zu einer Schießerei?

Es war nicht so schwierig, wie Neftalí befürchtet hatte. Die Personen, die sich in der kleinen Zeitungsredaktion zusammenfanden, wirkten weitaus zurückhaltender als die Geschäftsleute, die sich abends manchmal bei seinem Vater einfanden. Sie waren keine Ladenbesitzer, sondern kleine Angestellte. Sie waren keine Viehzüchter, sondern Landarbeiter. Sie waren keine Politiker, sondern Bäcker, Näherinnen und Hufschmiede.

Obwohl Neftalí während des ganzen Treffens

am Fenster stand und nach draußen schaute, hörte er alles, was im Raum gesprochen wurde: Onkel Orlando sprach von den Rechten der Mapuche, den Plänen für eine friedliche Protestaktion und einem Aufruf zu mehr Respekt *allen* Menschen gegenüber.

Und als das Treffen zu Ende war und die Gäste den Raum wieder verließen, sah Neftalí ihre hoffnungsvollen Gesichter, als sie sich mit einem Händedruck bei Onkel Orlando bedankten und sich verabschiedeten.

Nachdem er Onkel Orlando geholfen hatte, die Stühle wieder wegzuräumen und die Decken von den Fenstern abzunehmen, schloss Onkel Orlando das Büro ab und sie gingen schweigend nach draußen. Neftalí konnte noch die Energie spüren, die vorhin den ganzen Raum ausgefüllt hatte. Sogar die Sterne oben am Himmel schienen zu pulsieren. Hatte auch der Himmel das Aufgebot an guten Absichten gespürt?

An der Ecke, an der sich ihre Wege trennten, fragte Neftalí: »Meinst du, ihr habt Erfolg mit dem Protest?«

»Ja, aber nur, wenn die Leute keine Angst haben und den nötigen Mut aufbringen, richtig zu handeln. Aber weißt du, Neffe, sich in der Öffentlichkeit zu etwas zu bekennen, ist viel schwieriger. Wenn die Leute unter Gleichgesinnten sind, sind sie stark. Aber schon im nächsten Moment können sie schwach werden. Das ist nicht immer ihre Schuld.« Onkel Orlando wandte sich ab und ging in seine Richtung. Doch nach wenigen Schritten drehte er sich um und rief Neftalí nach: »Pass auf dich auf!«

Neftalí winkte seinem Onkel zum Abschied zu. In diesem Augenblick wünschte er sich, stark zu sein, wenn der Zeitpunkt gekommen war, doch er wusste nicht, ob er auch dazu fähig sein würde, wenn es wirklich darauf ankam.

~ ~ ~

Es war schon spät, als er nach Hause kam, und so ging er direkt in sein Zimmer. Seine Schätze an Glasscherben, Muscheln und Insekten, die inzwischen in Kisten und Kartons aufbewahrt waren, die er an die Wand genagelt hatte, schimmerten im Mondschein. Zweige, Nester und Samenkapseln lagen schön ordentlich nebeneinander auf der Kommode. Neftalí zog die unterste Schublade auf, holte sein flauschiges Schaf heraus und dann eines seiner Notizhefte, die er darunter versteckt hatte. Im sanften Mondschein konnte er gerade genug sehen, um seine Gefühle auf Papier bannen zu können. Dann legte er das Heft in die Schublade zurück, stellte sein Schaf als Wächter darauf und ging zu Bett.

Die Worte, die er aufgeschrieben hatte, lösten sich von den Seiten und flohen aus der Schublade. Die Buchstaben stapelten sich von selbst übereinander. Sie bildeten Türme, die immer höher und höher wurden, bis sie majestätisch an den Himmel ragten und Neftalí wie eine Stadt voller Versprechungen umgaben.

MENSCHLICHKEIT
SOLIDARITÄT
GROSSHERZIGKEIT
FRIEDEN
GERECHTIGKEIT
LIEBE

Plötzlich kam ein kleines, heimtückisches Wort daher. Wie eine hungrige Termite begann es an den aufgetürmten Wörtern zu knabbern, fraß ihr Fundament auf, verschlang ihr Mark, bis die hohen Türme ins Schwanken kamen, kippten und zu guter Letzt einstürzten.

Alles, was übrig blieb, war ein dickes, selbstgefälliges Wort:

Mitten in der Nacht wachte Neftalí auf, weil Laurita ihn schüttelte. »Neftalí! Wach auf!«

Verwirrt und benommen setzte er sich auf. »Was ist? Was ist los?«

»Eben war ein Mann hier. Onkel Orlandos Büro brennt …«

Neftalí zog sich eilends an und rannte zur Haustür. Doch dort stand sein Vater und hielt ihn am Arm fest.

»Neftalí! Du kannst nichts mehr tun. Geh wieder zu Bett!«

Neftalí riss sich los. Er rannte auf die Straße wie andere auch.

Als er sich noch einmal umdrehte, sah er seinen Vater unter der Haustür stehen. Warum kam er nicht auch mit, um zu helfen?

Neftalís Herz trommelte im Takt seiner Füße, als er über die Schotterstraße rannte. Als er um die Ecke in die Hauptstraße einbog, sah er einen Feuerball den Nachthimmel erleuchten.

Es sah fast so aus, als hätte sich die ganze Stadt vor dem brennenden Gebäude eingefunden. Einige riefen Anweisungen an diejenigen, die versuchten, das Feuer zu löschen, andere schlugen sich nur ungläubig die Hand vor den Mund und wieder andere versuchten, die Umstehenden aus der Gefahrenzone zu schieben.

Neftalí drängte sich durch die Menge und suchte nach Onkel Orlando.

Schließlich fand er ihn auf der Straße, völlig benommen und mit einem einzelnen Setzkasten in den Händen.

Neftalí rannte zu ihm.

Verwirrt hielt Onkel Orlando den Setzkasten hoch. »Das ist alles, was ich retten konnte. Ich bin hineingerannt. Aber mehr als das hier konnte ich nicht retten …«

Einige der Männer bildeten eine Kette und reichten Wassereimer durch. Doch es war ein kläglicher Versuch, gegen die gewaltigen Flammen anzukämpfen. Neftalí gesellte sich zu den Freiwilligen, froh darüber, dass er überhaupt etwas tun konnte, während ihm gleichzeitig bewusst war, wie zwecklos das Ganze war.

Nach Stunden, der Morgen graute schon, war das Feuer erloschen. Die Zuschauenden schlichen in ihre Häuser, Läden oder Werkstätten zurück. Neftalí blieb, bis nur noch rauchende Asche übrig war. Er stand neben Onkel Orlando in etwas, was inzwischen wie die Überbleibsel eines riesigen Lagerfeuers aussah. »Warum?«, fragte er betroffen.

»Die Bauunternehmer denken, ich werde jetzt aufgeben«, sagte Onkel Orlando wie in Trance. »Sie denken, die Bewohner von Temuco werden nun in Panik geraten und um ihre Sicherheit und ihre Jobs fürchten. In vielen Fällen wird es auch so sein und unser Rückhalt schwindet. Allerdings … werden dann auch die Mapuche verschwinden, vertrieben vom Land ihrer Vorväter.«

Unwillkürlich dachte Neftalí an den Mapuche-Jungen, den er auf dem Flussdampfer getroffen hatte, und wie er anschließend mit seiner Familie in eine Richtung gegangen war, Neftalí mit seiner Familie in die andere.

»Das ist unfair«, sagte Neftalí. »Es ist nicht richtig. Wir sollten die Behörden informieren.«

Onkel Orlando wirkte erschreckend ruhig und schüttelte den Kopf. »Das würde nichts nützen.«

»Aber sie müssen sich darum kümmern. Ein Feuer legen ist ein Verbrechen.«

»Ja«, sagte Onkel Orlando mit gequältem Gesicht. »Sie müssten sich darum kümmern.«

»Dann ist jetzt alles vorbei?«, fragte Neftalí. »Werden weiterhin unschuldige Menschen sterben? Werden alle so tun, als sei nichts geschehen?«

Onkel Orlando straffte seine Schultern und sah plötzlich ein ganzes Stück größer aus. »Neftalí, man kann immer etwas tun. Für eine Weile werde ich nach außen hin aufgeben. Aber meine wahren Gefühle kann keiner kontrollieren. Ich kann warten.

Und irgendwann fange ich dann wieder von vorne an.«

»Aber wie? Und wo?«

»Es gibt andere Zeitungen, die mich einstellen werden – wenn nicht hier in der Nähe, dann weiter weg. Ich werde weiterschreiben, Geschichten, die die Menschen vielleicht dazu bringen, hinter geschlossenen Türen miteinander zu tuscheln. Wusstest du, dass das Flüstern von vielen Menschen sehr laut klingen kann? Schau dich um! Was siehst du?«

Neftalí sah seinen Onkel ungläubig an. Was gab es noch zu sehen? Alles, was sein Onkel aufgebaut hatte, war verbrannt. Warum war er nicht fuchsteufelswild? Neftalí zuckte mit den Schultern. »Nichts. Ich sehe nichts. Das Gebäude ist niedergebrannt. Die Maschinen sind zerstört. Es ist nichts mehr übrig, nur dieser eine leere Setzkasten. Sie haben gewonnen ...«

Onkel Orlando hob seine Hand und unterbrach Neftalí. Er ging zu einem Häuflein schwelender Asche und trat mit seinem Stiefel dagegen. Darunter kam verlöschende Glut zum Vorschein, die wie ein Herz pulsierte. »Du täuschst dich. Genau wie bei unserem Vulkan, dem Llaima, gibt es immer Glut unter der Oberfläche. Es kann Jahre dauern, bis er ausbricht. Aber irgendwann geschieht es. Neffe, *La Mañana* mag zwar zum Schweigen gebracht worden sein, aber mit meiner Schreibfeder gelingt es ihnen nicht.« Er streckte Neftalí seine Hand entgegen.

Neftalí blickte in die entschlossene Miene seines Onkels.

Er sah keinen Mann, der nach Rückschlägen klein beigab. Er sah einen Mann, der noch kämpfen konnte.

Er sah keinen Mann, der von Kopf bis Fuß mit Ruß beschmiert war. Er sah einen Mann, der von Kopf bis Fuß Rechtschaffenheit ausstrahlte.

Er sah keine geröteten, geschwollenen Augen. Er sah eine intensive Entschlossenheit, im Namen all jener zu sprechen, die nicht für sich selbst sprechen konnten.

Neftalí drückte die Hand seines Onkels. »Meine Schreibfeder werden sie auch nicht zum Schweigen bringen.«

Wird Feuer aus Worten geboren?
Oder werden Worte aus Feuer geboren?

plip – plip

plip – plip

plop

oip, oip, oip, oip

bloop, bloop, bloop

plip – plip

plop

plip – plip

plip – plip

plop

bloop, bloop, bloop

plip – plip

plop

oip, oip, oip, oip

tin, tin, tin, tin, tin

tin,

tin,

tin,

tin,

tin

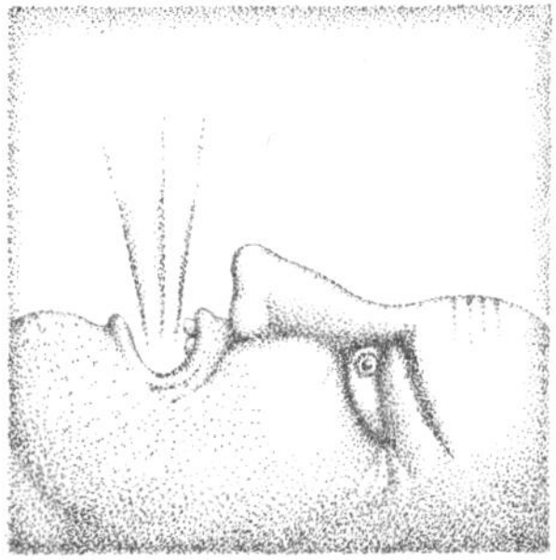

FEUER

»Laurita!«, rief Neftalí vom Pausenhof der Jungen seiner Schwester zu. Er rannte ihr nach und schwenkte ein Papier. Strahlend überreichte er ihr die dünne Zeitung. »Onkel Orlandos erste Ausgabe. Gedruckt in einer anderen Stadt. Es hat ihn fast drei Jahre gekostet, aber er hat es geschafft! Ich kann es kaum erwarten, ihm zu gratulieren. Und es gibt noch etwas Neues … das *mich* betrifft.«

Bevor er weiterredete, bückte er sich, um etwas Glitzerndes aus dem Schlamm am Straßenrand aufzuheben und in die Tasche zu stecken.

»Neftalí, hast du nicht schon genügend alte Schlüssel in deiner Sammlung?«

»Schlüssel öffnen Türen, Laurita. Man kann nie genug Schlüssel haben.«

»Also, erzähl mir deine große Neuigkeit«, sagte sie.

Er zog eine Zeitschrift unter seinen Büchern hervor. »Ich bin zum Korrespondenten von *Claridad* ernannt worden, der Studentenzeitschrift der Universität von Santiago.«

»Aber du wirst dort doch erst ab Herbst studieren.«

»Das ist egal. Bei ihnen arbeiten mehrere Leute frei mit. Sie haben schon einen meiner Artikel abgedruckt, über die Mapuche. *Claridad* will noch mehr von mir haben. Und sie wollen, dass ich ihre Zeitschrift an die Schüler hier in Temuco verkaufe, damit sie eine größere Unterstützung für ihre Sache in Santiago haben und die Stimmen der Autoren mehr Gehör finden.«

»Stimmen gegen die Regierung?«, sagte Laurita leise. »Du weißt, was Vater von regierungsfeindlichen Parolen hält. Es ist riskant.« Sie schlug die Zeitschrift auf und blätterte sie durch, um nach Neftalís Artikel zu suchen.

»Diese Leute schreiben über Fairness und Gerechtigkeit. Sie sind meine Vorbilder, Laurita. Mit dem, was sie schreiben, bringen sie die Menschen zum Nachdenken. Sie kämpfen gegen die Ungerechtigkeiten. Und es sind nicht nur Studenten, sondern auch Dichter wie Rojas und González Vera, die sich für die Rede- und Meinungsfreiheit einsetzen.«

»Rede- und Meinungsfreiheit? Das könnte dir Scherereien einbringen.« Laurita hatte den Artikel ihres Bruders gefunden und las ihn bis zum Ende. »Neftalí, hier unten neben deinem Namen steht, dass du an der Universität von Santiago studieren wirst, um Dichter zu werden!«

»Ach, das hat nichts zu sagen. Hat der Herausgeber vermutlich angenommen.«

»Neftalí, versteck die Zeitschrift. Ich glaube nicht, dass Vater diese Vermutung des Herausgebers gefallen würde.«

Neftalí seufzte. »Mir gehen langsam die Verstecke aus.«

»Wenn du erst an der Uni bist, kannst du tun und lassen, was du willst.«

»Ich wünschte, dem wäre so«, sagte er. »Aber ich

muss wohl weiterhin heimlich schreiben. Zumindest kann ich aber als Französischstudent vorgeben, ich wollte später Lehrer oder Übersetzer werden …« Er senkte die Stimme, um die seines Vaters zu imitieren. »… um auf diese Weise meinen Weg in die Geschäftswelt zu bahnen.«

»Hat Vater endlich eingesehen, dass du kein Arzt werden willst?«

»Tja, meine Mathenoten.« Er zuckte mit den Schultern. »Ihretwegen hat Vater beschlossen, dass Geschäftsmann die bessere Wahl für mich ist. Aber ich freue mich, dass ich ab dann ganz legal französische Bücher lesen kann.«

»Versprich mir, dass du auch an der Universität gute Noten bekommst, Neftalí, andernfalls schickt Vater dir kein Geld mehr. Du bist so dünn.«

»Keine Sorge, ich bleibe auf dem Weg, den Vater für mich vorgezeichnet hat, solange es mir möglich ist, das verspreche ich dir.«

Ein Schwarm großer Vögel flog über sie hinweg.

Neftalí und Laurita hoben den Kopf und beobachteten ihre rhythmischen Flügelschläge.

»Sind es Ibisse oder Löffelreiher?«, fragte Laurita.

»Weiß nicht, sie sind zu weit weg.« Neftalí ging weiter, den Kopf in den Nacken gelegt und den Blick weiter gen Himmel gerichtet. Hätte Laurita ihn nicht geistesgegenwärtig am Arm gepackt, wäre er in ein Schlagloch gestolpert. »Schau lieber, wo du hintrittst, statt auf die Vögel!«

»Danke, Laurita. Ich glaube, du wirst mir sehr fehlen, wenn ich erst in Santiago bin.«

Sie lachte. »Ich hoffe nur, dass du dir bis dahin keine Scherereien einhandelst.«

Er zerzauste ihre Haare. »Na ja, ein paar Monate ohne Scherereien müsste sogar ich schaffen.«

~ ~ ~

Als Neftalí einige Tage später sein Zimmer betrat, bekam er einen gehörigen Schreck. Jemand hatte in seinen Schubladen gewühlt und all seine Hefte auf den Fußboden geworfen. Als er sie gerade aufheben wollte, stand sein Vater plötzlich im Türrahmen und schwenkte drohend eine Ausgabe von *Claridad*.

»Du bist keinen Deut besser als dein Onkel und wiegelst die braven Leute auf.« Aufgebracht schlug er die Zeitschrift auf und blätterte sie durch, bis er Neftalís Artikel gefunden hatte, und klatschte auf die

Seite. »Was muss ich hier lesen? Nicht etwa, dass Neftalí Reyes etwas *Anständiges* werden möchte …« Er schnaufte durch die Nase und bekam einen hochroten Kopf. »Hier steht, dass du vorhast, ein Faulpelz und Tagedieb zu werden!«

»Das ist ein F-f-fehler, mehr nicht.«

»Es war ein *Fehler*, dass ich dir jemals erlaubt habe, bei irgendeiner Zeitung zu arbeiten!«, donnerte sein Vater. »Aber ich werde nicht tatenlos zusehen, dass du dir die Chance entgehen lässt, einen ehrenwerten Beruf zu erlernen. Für alles andere ist mir mein Geld zu schade. Hast du verstanden, Neftalí?«

Neftalí starrte auf seine Fußspitzen.

»Du hast es allein Mamadres Fürsprache zu verdanken, dass ich dieses alberne Steckenpferd von dir so lange geduldet habe, aber nun ist es vorbei mit meiner Geduld. Ich habe mir oft genug an meinem eigenen Tisch anhören müssen, wie Orlando deine Aufsätze vorgelesen hat. Und wenn die Gäste dann applaudiert haben, dann nur aus Höflichkeit. Weißt du, was sie wirklich denken? Sie denken, dass du eine Schande für deine Familie bist. Kannst du dir vorstellen, wie *peinlich* es für mich war, als mir ein Ladenbesitzer vorhin dieses Schundblatt gebracht hat? Und er hat gesagt, er würde in nächster Zeit von weiteren Besuchen absehen, wenn die ganze Familie diese Ansichten teilt.«

Vater platzte fast vor Entrüstung. »Unter meinem Dach wird keine Zeile mehr geschrieben, verstanden?« Er bückte sich nach einem der Hefte und warf es aus dem Fenster. Einzelne Blätter lösten sich heraus und flatterten durch das Zimmer, als wollten sie fliegen. Und schon hatte sein Vater die nächsten Hefte in der Hand und warf sie ebenfalls zum Fenster hinaus.

Neftalí hörte sie auf der Veranda aufschlagen. Vater rannte wie ein Wahnsinniger durch sein Zimmer, hob ein Heft nach dem anderen auf und schleuderte sie zum Fenster hinaus. *Klatsch. Klatsch. Klatsch.*

Sein Vater war so in Rage, dass er rote Flecken bekam und kaum noch wiederzuerkennen war. Neftalí drückte sich an die Wand. Was würde sein Vater als Nächstes aus dem Fenster werfen? Ihn selbst?

Erst als sein Vater sämtliche Notizhefte aus dem Fenster geworfen hatte, verließ er wutschnaubend das Zimmer.

Neftalí sank auf sein Bett und vergrub den Kopf in den Händen. Hoffentlich würde der Wind keines der losen Blätter davonwehen! Er musste wohl oder übel eine Weile warten, damit Vater nichts bemerkte. Dann würde er seine Hefte und Blätter wieder einsammeln und irgendwo verstecken, wo niemand sie finden würde.

Nach einer Weile tapste Laurita herein, mit aschfahlem Gesicht und ängstlich aufgerissenen Augen. Sie sah sich in dem Chaos um. »Neftalí?«

Er blickte auf. »Hat leider doch nicht lange angehalten, mein Leben ohne Scherereien.«

Plötzlich hörten sie Vaters Pfeife. Zweimal, dreimal, immer und immer wieder.

Laurita rannte zum Fenster. »Herrje, ist er jetzt verrückt geworden?«

Neftalí sprang auf und rannte zu ihr.

Eine Rauchfahne stieg aus dem Haufen von

Heften empor, die mitten auf der Straße brannten. »Nein!«, schrie Neftalí voller Entsetzen.

Er stürzte aus seinem Zimmer, rannte durchs Haus und sprang mit einem Satz von der Veranda. Mit wenigen Schritten war er auf der Straße, um zu retten, was noch zu retten war. Aber konnte er wirklich direkt in die Flammen greifen? Außerdem stellte sein Vater sich ihm in den Weg, mit irrem Blick, und pfiff und pfiff unablässig.

Laurita und Mamadre kamen herbeigerannt. Die Nachbarn schauten aus ihren Fenstern. Männer mit ihren Fuhrwerken hielten an und alle schauten zu, wie Neftalís innerste Gefühle sich gelb und orange und blau verfärbten. Seine Gedanken, Sorgen und Freuden rollten sich ein und versengten. Teile seiner Seele, seine geheimsten Empfindungen stiegen wie

graue Schneeflocken zum Himmel empor. Seine Verzweiflung und Wut über die Ungerechtigkeiten der Welt loderten in hellen Flammen himmelwärts und lösten sich dann auf. Und er konnte es nicht verhindern.

Die Pfeife schrillte und schrillte.

Neftalí stand wie betäubt da und ließ Kopf und Schultern hängen.

Schließlich spuckte sein Vater die Pfeife aus und schrie: »So, jetzt werden wir sehen, was du mal werden wirst!« Nach diesen Worten stürmte er ins Haus zurück.

Neftalí konnte sich nicht rühren. Es war, als hätte er kein Fünkchen Leben mehr im Körper.

Pflichtbewusst folgte Mamadre ihrem Mann ins Haus.

Die Nachbarn nahmen ihr Leben wieder auf.

Die Fuhrwerke rollten weiter.

Neftalí blieb reglos und benommen stehen, bis Laurita zu ihm trat.

Wortlos näherten sie sich dem Aschehäuflein.

Neftalí stocherte mit seiner Stiefelspitze darin herum.

Ein winziges Fünkchen Glut blitzte auf.

Wo ist der Himmel für verlorene Geschichten?

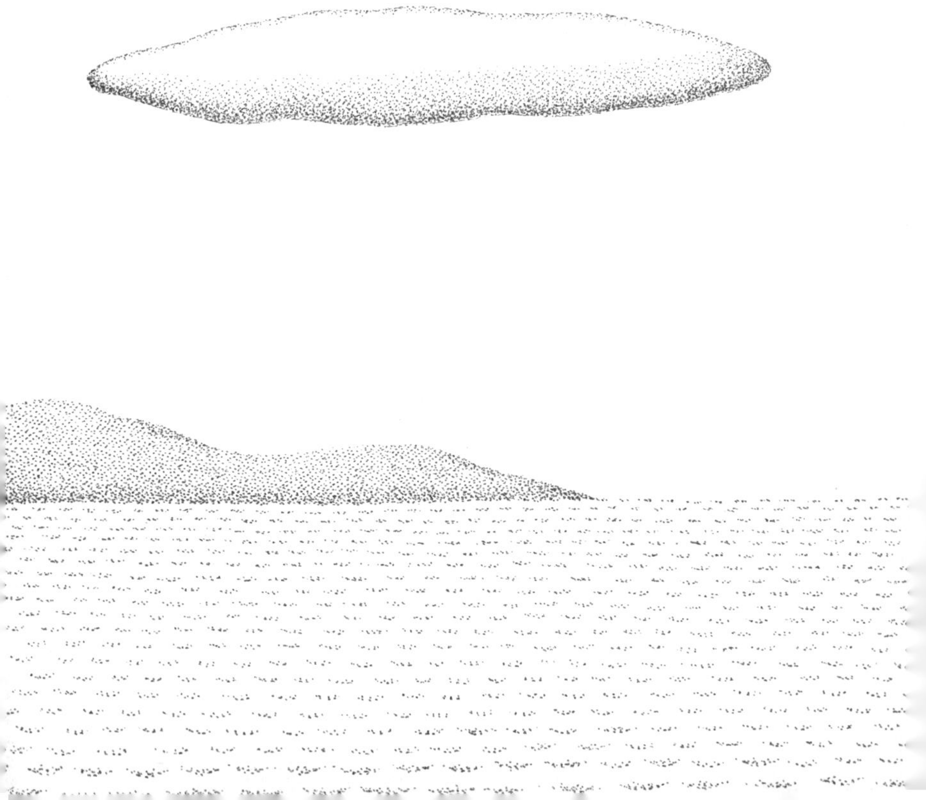

Einige Monate später saß Neftalí auf seiner Bettkante. In der Hand hielt er einen Brief, den er an diesem Morgen erhalten hatte und in dem eine schlimme Nachricht stand. Rojas, einer der Dichter, den Neftalí sehr bewunderte, war während einer Studentendemonstration verhaftet und ins Gefängnis geworfen worden, wo er nun gestorben war.

Neftalí war von Trauer, Schmerz, Verunsicherung und Enttäuschung überwältigt. Wie konnte eine Regierung jemanden verhaften, nur weil er Dinge schrieb, von denen er von ganzem Herzen überzeugt war? Durften alle Schriftsteller nur die Ansichten ihrer jeweiligen Regierung wiedergeben? Wie konnte ein Schriftsteller und Dichter als Verräter gelten, nur weil er es wagte, eine andere Meinung zu haben? Waren zwei Meinungen nicht besser als eine einzige?

War es nicht besser, den Lesern Fragen zu stellen, damit sie sich eine eigene Meinung bilden konnten? Neftalí stand auf und begann, in seinem Zimmer auf und ab zu laufen, von dem unbändigen Wunsch beseelt, für seine eigenen Überzeugungen einzustehen und zu kämpfen.

Er wartete bis spät am Abend, um ganz sicher zu sein, dass sein Vater tief und fest schlief. Derweil saß er in seinem Zimmer und schrieb im Schein einer flackernden Kerze, die gespenstische Schatten über die Wände huschen ließ, ein neues Gedicht für *Claridad*. Allerdings gab es da ein Problem. Dieses Gedicht sollte in der darauf folgenden Woche erscheinen, und zwar nicht nur in der Studentenzeitung, sondern zeitgleich auch in einer großen Tageszeitung von Santiago. Sein Vater kannte Leute in der Hauptstadt, und wenn er erfahren würde, dass sein Sohn gegen sein ausdrückliches Verbot verstieß, bekäme Neftalí jede Menge Ärger. Außerdem hatte sein Vater gesagt, er sei eine Schande für die Familie.

Seufzend legte Neftalí seinen Schreibstift weg. Er griff zur Lokalzeitung von Temuco und las einen Artikel über einen tschechischen Schriftsteller, der – wie Neftalí fand – einen sehr ausgefallenen und exotischen Namen hatte. Der Name gefiel ihm auf Anhieb, er schrieb ihn auf einen kleinen Zettel. Dann las er ihn laut, mehrmals hintereinander.

Er holte ein Buch mit italienischen Gedichten aus seinem Regal und blätterte es durch, bis er zu einer Seite kam, wo von einem Mann namens Paolo die Rede war.

»Paolo«, flüsterte er versuchsweise vor sich hin,

doch es klang irgendwie nicht richtig. Doch dann übersetzte er Paolo ins Spanische und nickte zufrieden. Er schrieb den Vornamen auf den Zettel mit dem Familiennamen. Die beiden Wörter lösten sich vom Papier, marschierten selbstbewusst durch den Raum und wurden zu einem eleganten Anzug.

Neftalí konnte nicht widerstehen. Er nahm den Anzug und schlüpfte hinein. Erstaunlich: Die Hosenbeine mussten nicht gekürzt, die Jacke nicht geändert werden. Der Stoff war weder zu dünn noch zu dick. Die Revers hatten einen Schnitt, der ihm gefiel. Die Farbe war nicht aufdringlich, aber doch auffällig genug, so dass man sie nicht vergaß. Erstaunlich. Der Name passte perfekt zu ihm.

Neftalí griff wieder zu seinem Stift und schrieb weiter. Und als sein Gedicht fertig war, unterzeichnete er es nicht wie üblich mit Neftalí Reyes, sondern mit *Pablo Neruda*. Wenn er fortan unter diesem Namen schrieb, bliebe seinem Vater die Schande erspart, einen Dichter zum Sohn zu haben. Vermutlich würde er diesen Namen nur verwenden, bis sich die Gemüter beruhigt hatten.

Eventuell würde er den Namen aber auch behalten. Wer weiß, vielleicht würde dieser Name ihn weit bringen. Schließlich hatte er die Melodie einer Lokomotive, die bergauf schnaufte.

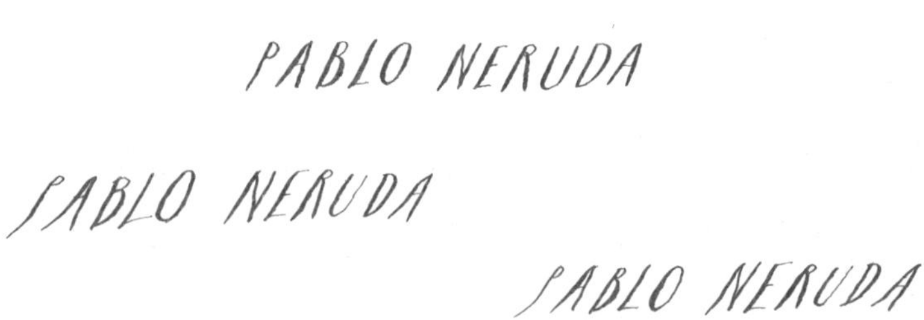

Fängt eine Verwandlung außen an
und geht nach innen?
Oder geht sie von innen nach außen?

Am nächsten Morgen packte er seine Habseligkeiten in einen großen Metallkoffer: Kleidungsstücke, Bücher, Stifte und natürlich einen Gegenstand, für den er nie zu alt sein würde: sein Schaf. Seine gesammelten Schätze packte er in zwei Kisten, damit sie sicher verwahrt waren. Eine dieser Kisten würde er mit in sein neues Leben nehmen, die andere in Lauritas Zimmer deponieren.

Er ging zu ihr und übergab ihr die Kiste. »Pass gut auf, dass sie nicht in Flammen aufgeht.«

Sie lächelte. »Ich werde sie hüten wie meinen Augapfel. Aber du brauchst mir noch nicht Lebewohl zu sagen. Mamadre und ich bringen dich zum Bahnhof. Beeil dich, wir müssen bald los. Hat schon jemand deinen großen Koffer abgeholt?«

Er nickte. »Ja, alles ist geregelt.«

Sein Vater wartete an der Haustür, seine dunkle Manta über dem Arm.

Seit dem Zwischenfall mit den Notizheften hatten sie kein Wort mehr gewechselt.

Sein Vater überreichte ihm den Umhang. »Ich trage ihn nicht mehr. Und du kannst ihn sicher brauchen. Studiere fleißig, Neftalí.«

Neftalí nahm ihn entgegen und dachte daran, dass sein Vater ihn an dem Tag getragen hatte, als sie zum ersten Mal zusammen in den Wald gefahren waren. Er schaute seinem Vater in die Augen und verlor sich darin. Wer war dieser Mann? Gemein und hassenswert? Oder ein Mann, dem seine eigene Vergangenheit ein so enges Korsett angelegt hatte, dass er es nicht wagte, einen anderen Menschen, den er liebte, über seine eigene Zukunft bestimmen zu lassen?

»Auf Wiedersehen, Neftalí.« Es folgten ein knappes Nicken und eine steife Umarmung.

»Auf Wiedersehen, Vater«, sagte er. Leise fügte er noch hinzu: »Neftalí Reyes wird dich nicht enttäuschen.«

Mit Mamadre auf der einen und Laurita auf der anderen Seite ging Neftalí zum Bahnsteig, wo bereits der zischende Zug wartete. Bevor er einstieg, nahm Mamadre die Decke, die sie als Schultertuch trug – die Decke, die sie vor Jahren bei der Ausstellung der Mapuche gekauft hatte. »Die wird dich warm halten. Du bist noch immer Haut und Knochen.« Dann küsste sie ihn auf beide Wangen und drückte ihn ganz fest an sich.

Er erwiderte ihre Umarmung. »Aber innen drin bin ich stark, genau wie du.«

Er hob Laurita mit beiden Armen hoch und schwenkte sie im Kreis. »Bleib bitte auch weiterhin meine Berichterstatterin und schreib mir alles, was hier in Temuco vor sich geht.«

Sie lachte. »Gern. Ich werde dir jede Woche schreiben.«

Der Zug schnaufte.

Der junge Mann stieg ein.

~ ~ ~

Die ganze Nacht über und auch während des folgenden Tages saß er zwischen von Bauern und Landarbeitern in einem Waggon der dritten Klasse. Es stank nach feuchter Wolle der vom Regen durchweichten Ponchos und nach dem nassen Gefieder armer Hühner, die in Körbe gequetscht waren. Doch das machte dem jungen Mann nichts aus, da er zu einem Ort unterwegs war, der von Kultur geprägt war, zu einem Ort, wo es Menschen gab, die so dachten wie er, und wo sich niemand daran stören würde, dass sich ein Student nebenher noch als Dichter betätigte.

Er schaute zum Fenster hinaus und sah die Araukarien, die typischen Nadelbäume seiner Heimat, die nach vielen Meilen allmählich spärlicher werden, bis schließlich nur noch der eine oder andere Baum einsam in der Landschaft stand. Trotzdem, sobald sie den Wald ganz verlassen hatten und nur noch Dörfer und Städte aus einfachen Lehmhäusern zu sehen waren, hatte er das Gefühl, auch ein Stück seiner selbst hinter sich gelassen zu haben.

Als der Zug in Santiago ankam, griff er nach seinem großen Koffer, setzte den breitkrempigen schwarzen Hut auf, hüllte sich in die Manta seines Vaters und hängte sich Mamadres Decke über den Arm. Er stieg aus dem Zug und machte sich auf den Weg in sein neues Leben.

~ ~ ~

Hier, in der Anonymität der Hauptstadt, war sein Schreiben so beständig wie das Wetter. Die Lyrik hatte ihm den Weg vorgezeichnet und er brauchte nichts anderes zu tun, als ihr zu folgen. Er schrieb, ungeachtet der jeweiligen Umstände: auch wenn er in einem Zimmer lebte, kaum größer als eine Zelle; auch wenn er kaum Geld hatte, um sich etwas zu essen zu kaufen, und auch wenn es so bitterkalt war, dass er über den Poncho und Mamadres Decke heilfroh war; auch wenn er keine Freunde hatte und sich in sich selbst zurückzog; auch wenn ihm ein Mädchen gerade das Herz gebrochen hatte oder er das Herz eines Mädchens; auch wenn er mit der Politik der Universität oder der der Regierung nicht einverstanden war.

Er schrieb und schrieb.

Obwohl er seinen Namen geändert hatte, war ihm seine Geschichte gefolgt. Die Melodien seiner verregneten Kindheit wurde zu einer Abfolge von Wörtern. Seine Erinnerungen an den großen Regenwald verschmolzen zu lyrischen Versen, so bitter wie das Harz der Tannenzapfen, so spröde wie der Panzer eines Käfers. Die Sätze dehnten sich und zogen sich wieder zusammen, im Takt der Wellen am Strand, oder sie wogten sachte hin und her wie die klagenden Klänge einer einsamen Flöte. Seine Wut verwandelte sich in Essays, die anklagten, zustachen und niederbrannten. Seine Überzeugungen bahnten sich mit der monotonen Entschlossenheit einer Druckerpresse ihren Weg. Und seine Gefühle der Verliebtheit wurden zu Gedichten, so warm und geschmeidig wie die Wolle seines geliebten Schafes.

Pablo Nerudas Gedichte kämpften sich durch den Schlamm. Der Landarbeiter, der seine Worte las, sagte: »Seine Hände haben dieselbe Erde beackert wie meine Hände.«

Seine Gedichte klopften auch an die Türen herrschaftlicher Villen. Der Reiche, der seine Worte las, sagte: »Er kommt aus der gleichen Ecke wie ich.«

Seine Gedichte saßen am Tisch des Bäckers, der sagte: »Er weiß, was ich fühle, wenn ich den Brotteig knete.«

Seine Gedichte marschierten über das Kopfsteinpflaster. Der Ladeninhaber lehnte sich über seine Theke, las sie seinen Kunden vor und sagte: »Kennt ihr ihn? Er ist mein Bruder.«

Seine Gedichte wurden in Büchern veröffentlicht, die die Menschen von Hand zu Hand weiterreichten.

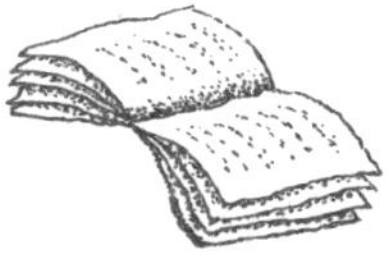

Seine Bücher überwanden Zäune …

… und Flüsse …

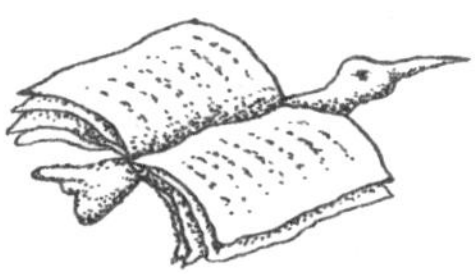

… und Grenzen …

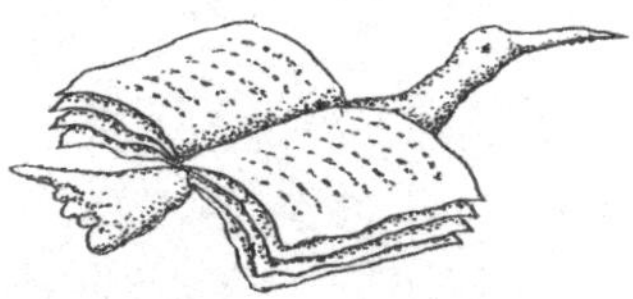

… flogen von Kontinent zu Kontinent …

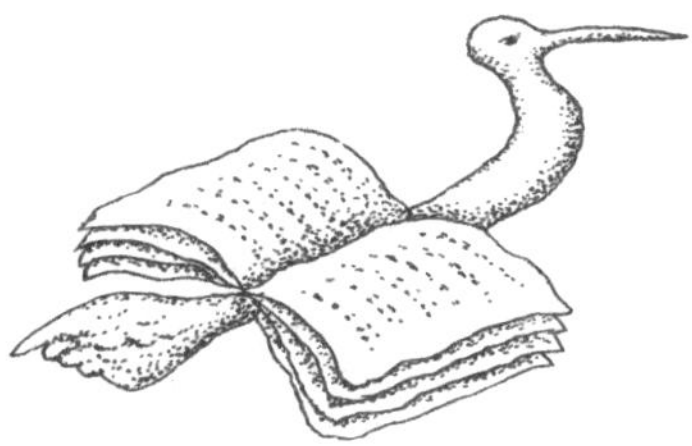

… bis der Dichter sehr vielen Menschen in allen Winkeln des Erdballs Tausende von Geschenken durch ein Loch im Zaun geschoben hatte …

… ihre Flügel schlugen im Gleichtakt mit ihren Herzen, die bestrebt waren, alles zu fühlen, was *er* erträumen konnte.

Tin,

tin,

tin,

tin,

tin

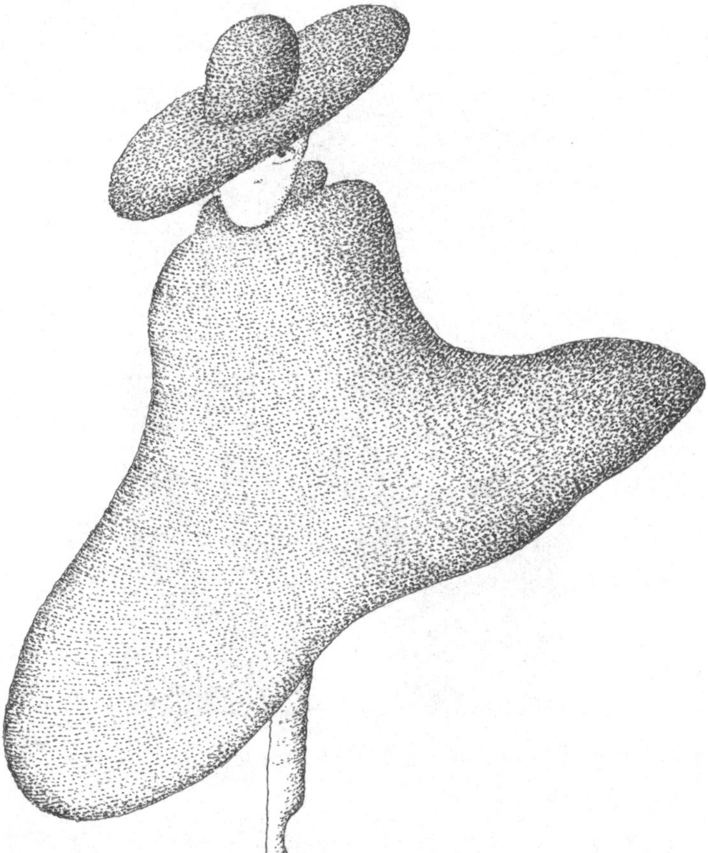

Quelle: Archivo Fundación Pablo Neruda

PABLO NERUDA
ANMERKUNGEN DER AUTORIN

Der Träumer ist ein Roman, der sich auf Ereignisse stützt, die sich in den jungen Jahren von Pablo Neruda tatsächlich abspielten. Ausgangspunkt für mein Buch war eine kleine, rätselhafte Episode, die mich neugierig machte: der Vorfall mit der Lücke im Zaun und dem Tausch eines Spielzeugschafs gegen einen Tannenzapfen. Ich fand diese Anekdote so faszinierend, dass ich begann, Nerudas Essays und Memoiren zu lesen, die mich ihrerseits zu seinen Ausflügen in den Regenwald und zu seinen Ferienaufenthalten am Pazifik führten und auch zu der Geschichte mit dem Schwan. Und so gelangte ich zu seinen Biografien.

Pablo Neruda (1904–1973) war einer der bedeutendsten Poeten des zwanzigsten Jahrhunderts. Er wurde im Jahr 1971 mit dem Nobelpreis für Literatur ausgezeichnet. Wenn man seine sämtlichen Werke in allen Ausgaben und Sprachen berücksichtigt, ist er vermutlich der meistgelesene Dichter der Welt.

Letztlich ließ ich mich von seiner Poesie leiten. Und ich entdeckte *Das Buch der Fragen*. Nerudas Neugierde war ansteckend und inspirierte mich, der Poesie meine eigene Stimme zu geben und in meinem Roman Fragen zu stellen. Ich wünsche mir, dass die Leser zu ähnlichen Überlegungen angeregt werden und sich neue Antworten ausdenken.

Das Schaf, das dem kleinen Neftalí durch die Öffnung im Zaun gereicht wurde, hütete er über Jahre hinweg wie einen Augapfel, bis es einem Brand zum Opfer fiel. In der Folgezeit hielt er, noch als Mann in den Fünfzigern, in den Schaufenstern der Spielzeuggeschäfte aller Städte, die er bereiste, nach einem ähnlichen Schaf Ausschau, doch vergebens. Er hat auch nie vergessen, unter welch mysteriösen Umständen er es erhalten hatte, und schrieb darüber in einem Essay namens »Kindheit und Poesie«.

Neruda sagte: »Dieser Tausch brachte mich … auf eine wunderbare Idee: dass die ganze Menschheit irgendwie eins ist … Genau wie ich damals den Tannenzapfen durch das Loch im Zaun schob, habe ich seither meine Worte vor die Türen so vieler Leute gelegt, die ich nicht kannte, Menschen, die im Gefängnis, auf der Flucht oder allein waren.«

Neruda schrieb für das einfache Volk und über einfache, alltägliche Dinge. Wenn Menschen einen Gegenstand berühren, so glaubte er, bleibt etwas von ihnen daran haften und diese Spuren werden in irgendeiner Form in dem Gegenstand gespeichert. Er glaubte, dass alle

Geschichten, die er je bräuchte, bereits existierten und dass die Inspiration in den einfachsten Dingen und in unbedeutenden Details gefunden werden kann: in einem Gartenwerkzeug, einem Nudelholz oder einem schiefen Tisch, auf dem Brotteig geknetet wird. Neruda war fasziniert von dem, was er den »bleibenden Abdruck der Menschlichkeit im Innen und Außen aller Gegenstände« nannte.

Er sagte: »Es lohnt sich … tief ins Innere von Gegenständen im Ruhezustand zu blicken … Sie strömen die Berührung durch Hände und durch die Erde aus, als eine Lektion für den gequälten Dichter … In ihnen zeigen sich die ganzen Irrungen und Wirrungen der Menschen … die Abdrücke von Füßen und Fingern. … Das ist die Art Poesie, die wir anstreben sollten, Poesie, die durch die Bearbeitung von Menschenhand wie von einer Säure korrodiert ist, von Schweiß und Rauch durchtränkt, dem Geruch von Lilien und Urin, benetzt von der Vielfalt dessen, was wir tun.« Sogar seinen Schreibstiften verlieh Neruda Gefühle und er schrieb mit Vorliebe mit grüner Tinte, weil Grün für ihn die Farbe der *esperanza* – Hoffnung – war.

Sein ganzes Leben lang sammelte Neruda alle möglichen Dinge und er stellte sie in seinem jeweiligen Haus zur Schau: Buddelschiffe, Muscheln aus aller Welt, riesige Galionsfiguren, vom Meer geschliffene Glasscherben, Uhren, Schlüssel, seltene Bücher, Glasflaschen, nautische Instrumente, unzählige Schätze aus der Natur, einen überdimensionalen hölzernen Schuh, der einst über der Eingangstür eines Schuhmachers gehangen hatte, und sogar ein Karussellpferd, auf das er in einem Geschäft in Temuco gestoßen war. Er sammelte auch Menschen und füllte seine Welt mit einer Vielzahl von Charakteren aus allen sozialen Schichten an, die er auf seinen Reisen durch die halbe Welt traf.

Neruda liebte voller Leidenschaft und beschrieb alle nur erdenklichen Arten der Zuneigung: Liebe zu einem anderen Menschen, Liebe zu seinem Vaterland, Liebe zur Menschheit, Liebe zu den kleinen, alltäglichen Dingen und zur Schönheit. Ebenso leidenschaftlich war er in seiner Verzweiflung und er schrieb oft über die Ungerechtigkeiten auf der Welt.

Als in Chile die Regierung Allende, die Nerudas Unterstützung hatte, am 11. September 1973 durch einen Militärputsch gestürzt wurde, galt er fortan als Feind des Landes. Unter dem Militärregime von General Pinochet gab es keine Meinungsfreiheit mehr. Es war sogar schon gefährlich, Freunde oder Verwandte zu haben, die nicht hinter Pinochets Regierung standen. Tausende wurden ohne Gerichtsverhandlung getötet oder eingekerkert oder waren gezwungen, ins Exil zu gehen, nur weil sie eine andere Meinung hatten als die Regierenden.

Nur wenige Tage vor Nerudas Tod befahl Pinochet seiner Miliz, Nerudas Haus zu durchsuchen und zu plündern.

Bei der Ankunft der Soldaten sagte Neruda ungerührt: »Seht euch ruhig um – es gibt nur eine Sache hier, die euch gefährlich werden könnte: die Poesie.«

Neruda starb am 23. September 1973.

GEDICHTE UND ODEN VON PABLO NERUDA

DER ICH-VOGEL *(Auszug)*

Ich bin der Vogel Pablo,
der Vogel mit nur einer Feder,
ich fliege in den hellen Schatten
und dem vernebelten Licht.
Meine Flügel sind unsichtbar,
meine Ohren vibrieren vor Lauten,
wenn ich zwischen den Bäumen einherfliege,
oder unter Grabsteinen,
wie ein trauernder Schirm
oder ein blankes Schwert,
förmlich wie ein Bogen,
oder rund wie eine Weintraube.
Ich fliege, ich fliege unbemerkt
im Schmerz der Nacht ...
Ich bin der rasende Vogel
in der Ruhe des Sturms.

[»El pájaro yo« aus »Arte de Pájaros«,

Hört nicht auf mich *(Auszug)*

Unter den Dingen, die das Meer auswirft,
lasst uns nach den ausgeglühtesten suchen,
violette Krabbenbeine,
kleine Köpfe von toten Fischen,
sanfte Silben aus Holz,
kleine Länder aus Perlmutt,
suchen wir, was das Meer
beharrlich zerstörte und es nicht vollbrachte,
was es zerbrach und aufgab
und es für uns übrig ließ ...

... Man muss unansehnliche Dinge suchen,
irgendwo auf Erden,
am blauen Ufer des Schweigens
oder wo wie ein Zug der reißende
Sturmwind vorüberzog:
dort bleiben schmale Zeichen zurück,
Münzen der Zeit und des Wassers,
Trümmerreste, himmlische Asche
und die unübertragbare Trunkenheit,
teilzunehmen am Werk
der Einsamkeit und des Sandes.

Langschnabelsittich

Der Baum hatte so viele Blätter,
dass er fast zusammenbrach unter seinen Schätzen,
er blinkte vor lauter Grün
und machte nie die Augen zu.

So aber schläft man nicht.

Doch sein flatterndes Blattwerk
flog davon, grün und voller Leben,
jede Knospe erlernte das Fliegen,
und so stand der Baum kahl und nackt da,
weinte im Regen des Winters.

[»Choroy« aus »Arte de Pájaros«,

Ode an das Fahrrad *(Auszug)*

Ich schritt
auf knirschendem
Wege dahin:
die Sonne perlte nieder
wie glühender Mais,
und es war
die Erde, heiß,
ein unendlicher Kreis
mit blauem
leeren Himmel oben.

Zweiräder flogen
vorüber an mir,
die einzigen
Insekten
jener dürren
Minute des Sommers,
geheimnisvoll,
hastig,
transparent:
sie schienen mir
nichts als
Schwingung der Luft.

*[aus: Pablo Neruda, Das lyrische Werk, ebd.;
Übersetzung von Erich Arendt]*

I

Warum fliegen die Riesenflugzeuge
nicht mit ihren Kindern spazieren?

Welcher gelbgefiederte Vogel
legt sein Nest voll Zitronen?

Warum bringt man Hubschraubern nicht bei,
aus der Sonne Honig zu saugen?

Wo hat der Vollmond, wo,
seinen nächtlichen Mehlsack vergessen?

*[aus: Pablo Neruda, Das lyrische Werk, ebd.;
Übersetzung von Monika López]*

XIV

Und was meinten die Rubine
angesichts des Safts der Granatäpfel?

Warum lässt sich der Donnerstag nicht überreden,
nach dem Freitag zu kommen?

Wer hat alles laut gejubelt,
als die blaue Farbe zur Welt kam?

Warum wird es auf der Erde düster,
sobald die Veilchen auftauchen?

*[aus: Pablo Neruda, Das lyrische Werk, ebd.;
Übersetzung von Monika López]*

Der Vater *(Auszug)*

Der barsche Vater kehrt
von den Zügen zurück:
Wir erkennen
in der Nacht
den Pfiff
der Lokomotive,

der den Regen durchbohrt
mit irrem Geheul,
einer nächtlichen Klage,
und dann
die Tür, die erbebte:
der Wind trat ein als eine Bö
mit meinem Vater
und zwischen den beiden Schritten und dem Luftdruck
schüttelte sich
das Haus,
die erschrockenen Türen
schlugen sich mit trocknem
Pistolenschuss,
die Treppenstufen seufzten
und eine laute Stimme
erhob Beschuldigungen, feindselig,
während der stürmische
Schatten, der Regen als Katarakt
auf die Dächer herniederstürzte,
nach und nach
die Welt ertränkte ...

*[aus: Pablo Neruda, Das lyrische Werk, ebd.;
Übersetzung von Erich Arendt]*

Der See der Schwäne *(Auszug)*

... und plötzlich
der See, das harte verborgene Wasser,
dichtes Licht, des Erdenrings Kleinod.
Ein weißer und schwarzer Flug: Die Schwäne
jagten in die Flucht,
lange nächtliche Hälse, Füße aus Leder, rot,
und über die Welt flog ein heiterer Schnee.

O Flug her vom gleichwertigen Wasser,
tausend Leiber, zu regloser Schönheit bestimmt
als des Sees transparente Dauer.
Auf einmal alles war Rennen auf dem Wasser,
Bewegung, Klang, Türme vollen Monds,
und dann wilde Schwingen, die vom Wirbelsturm her
Ordnung wurden, Flug, zuckende Erhabenheit,
und schließlich Abwesenheit, ein weißes Beben in der Leere.

[aus: Pablo Neruda, Das lyrische Werk, ebd.;
Übersetzung von Erich Arendt]

Schüchternheit

Kaum verstand ich, völlig allein, dass ich da war
und fähig war, zu leben, fortzudauern,
hatte ich Angst davor, vor dem Leben,
ich wollte, dass man mich nicht sähe,
dass man meine Existenz nicht kenne.
Ich wurde mager, bleich und abwesend,
wollte nicht reden, damit man meine Stimme
nicht erkennen könne, ich wollte nicht hinsehn,
auf dass man mich nicht sähe,
beim Gehen klebe ich an der Mauer,
ein Schatten, der entlangglitt.

*[aus: Pablo Neruda, Das lyrische Werk, ebd.;
Übersetzung von Erich Arendt]*

Ode an die Mauereidechse

Tief im Sande
eine
Eidechse
mit sandigem Schwanz.

Unter
einem Blatt
ihr Kopf
aus einem Blatt.

Von welchem Planeten,
aus welch
kalter grüner Glut
fielst du herab?
Vom Monde?
Aus der allerfernsten Kälte?
Oder stiegen
deine Farben
vom Smaragd
in einer Ackerwinde auf?

Du bist
des morschen
Stamms
lebendigster Trieb,

Pfeil
seines Laubwerks.

Auf dem Stein
bist du Stein
mit zwei kleinen
uralten
Augen:
Augen des Steines.
In Wassers
Nähe
bist du
schweigsamer Schlamm,
der gleitet.
In der Nähe
der Fliege
bist du des Drachen
Wurfspeer,
der vernichtet.
...

[aus: Pablo Neruda, Das lyrische Werk, ebd.;
Übersetzung von Erich Arendt]

Hirtengedicht

Ich beginne Berge, Flüsse, Wolken nachzuzeichnen,
nehme meine Feder aus der Tasche, ich zeichne
einen Vogel auf, der auffliegt,
oder eine Spinne in ihrem Seidenbau,
es fällt mir weiter nichts ein: Luft bin ich,
freie Luft, in der das Korn hin und her wogt,
und mich bewegt ein Flug, die ungewisse
Richtung eines Blattes, das runde Auge
eines unbeweglichen Fisches im See,
die Statuen, die in den Wolken schweben,
das Anwachsen des Regens.

Es fällt mir weiter nichts ein als der durchsichtige
Sommer, ich singe nichts anderes als der Wind,
und so zieht die Historie, Leichentücher und Ehrenzeichen
einsammelnd, mit ihrem Karren vorüber,
zieht vorbei, und ich fühle nichts als Ströme,
bleibe mit dem Frühling allein.

*[aus: Pablo Neruda, Das lyrische Werk, ebd.;
Übersetzung von Erich Arendt und Katja Hayek-Arendt]*

DANKSAGUNG

Ich danke dem Autor und Illustrator Jon J. Muth, der mir von dem Loch im Zaun erzählt hat. Und ich bin dem Ministerium für Bildung in Chile zu Dank verpflichtet, insbesondere Carole Cummings, die mir während meines Aufenthalts in Chile viele Türen geöffnet hat. Ich danke auch den vielen Neruda-Biografen und den Übersetzern seiner Werke, besonders Adam Feinstein, Alastair Reid, Volodia Teitelboim und Margarita Aguirre, deren Werk ich im spanischen Original gelesen habe.

Mein Dank gilt auch den ungewöhnlichen Menschen in meinem Leben: meiner Lektorin Tracy Mack, die mir mit entscheidenden Anregungen zur Seite stand; David Saylor, von dessen Weitblick ich mich bis zur Endfassung leiten ließ; dem Grafiker Charles Kreloff für seine wunderbare Arbeit; Brian Selznick für seine geduldigen und einsichtigen Kommentare; Jim, für sein Verständnis für das Leben einer Schriftstellerin; und ganz besonders Peter Sís, der Ja sagte und seine unvergleichliche Magie in das vorliegende Buch einbrachte.

Pam Muñoz Ryan

Pam Muñoz Ryan hat mehr als 40 Bücher für junge Leser geschrieben und sich nicht nur durch ihre Bücher um den interkulturellen Dialog verdient gemacht. Ihr literarisches Werk wurde mit zahlreichen Preisen ausgezeichnet. Sie lebt mit ihrer Familie in der Nähe von San Diego.

Peter Sís

Peter Sís, Bilderbuchkünstler, Autor und Filmemacher, wurde 1949 im tschechischen Brünn geboren. Er studierte in Prag und London. Heute lebt er mit seiner Familie in der Nähe von New York. Bei Aladin erschienen »Die Konferenz der Vögel« und »Der Pilot und der kleine Prinz«.

MIX
Papier aus verantwortungsvollen Quellen
FSC® C083411
FSC
www.fsc.org

1. Auflage 2018

Dieses Werk wurde vermittelt durch die Literarische Agentur
Thomas Schlück GmbH, 30827 Garbsen.
Originaltitel: The Dreamer
Aus dem Englischen von Anne Braun
Herstellung und Satz: Karin Kröll, Hamburg
Lithografie: Margit Dittes Media, Hamburg
Satz aus der Horley Old Style MT Std und der Honduras
Druck und Bindung: CPI books GmbH, Leck
Printed in Germany
ISBN 978-3-8489-2105-8

www.aladin-verlag.de